Raymond Queneau

Connaissez-vous Paris ?

Choix des textes, notice et notes d'Odile Cortinovis,
sur une idée d'Emmanuël Souchier

Postface d'Emmanuël Souchier

Gallimard

CONNAISSEZ-VOUS PARIS[1] ?

À une certaine époque de ma vie — elle n'a pas tout à fait cessé —, il m'arrivait — pour résoudre des problèmes budgétaires difficiles — de chercher des « idées » qui puissent, suivant une expression à la fois désuète et vulgaire, « mettre du beurre dans mes épinards », autrement dit : qui soient « rentables ». Un journal de courses pronostico-statistique, sous forme de dépliant, est un des projets que j'ai poussé plus loin, les autres restés au poteau, n'étant que des rosses infertiles. Un beau jour, tout d'un coup, toc ! j'ai eu la bonne « idée ». À parler franchement, ce n'était pas trop tôt. Depuis trois ans, j'allais cinq fois par semaine chez un psychanalyste pour qu'il me débarrassât d'une malencontreuse tendance à mal gérer mes affaires. Mais ne nous égarons pas… À vrai dire, je ne la croyais pas si bonne que ça. Tout de même, cette idée, je lui ai fait faire un cent mètres jusqu'à *L'Intransigeant* où, à ma grande satisfac-

1. Ce texte a paru dans la revue *Service* en juillet 1955 signé « *par Raymond Queneau, de l'Académie Goncourt* ». Revue technique consacrée aux transports, *Service* publiait des « Chroniques » culturelles qui accueillirent des textes de Blaise Cendrars, Oscar Wilde, Raymond Queneau…

tion non moins qu'à ma grande surprise, on (sous les aspects de Delange qui devait plus tard diriger *Comœdia*[1]) accueillit mon « idée » avec beaucoup de compliments et, qui mieux et plus était, une rémunération assez substantielle pour l'époque.

Pour en venir à l'idée en question, il s'agissait simplement — mais la simplicité est la pierre de touche des bonnes idées — de poser chaque jour aux lecteurs de *L'Intransigeant* trois questions concernant Paris. Ils trouveraient les réponses dans la page des petites annonces — ce perfectionnement destiné à faire lire lesdites, je n'en étais point responsable, et d'ailleurs, il ne fut pratiqué qu'au bout de quelque temps.

Évidemment, ces questions concernant Paris ne devaient être ni banales ni trop extravagantes. *Connaissez-vous Paris ?* avais-je intitulé la rubrique avec l'approbation de la direction. Mais demander si l'avenue des Champs-Élysées aboutit à la place de l'Étoile ou si la Tour Eiffel a plus de 299 mètres de haut aurait eu peu d'intérêt. D'autre part, demander où avait habité Henri Poincaré et dans quelle rue se trouve le restaurant du père de Roland Petit aurait été, disons, exagéré. D'autant plus qu'à l'époque, Roland Petit devait avoir une dizaine d'années. J'ai donc commencé par des sujets intermédiaires — tels que l'orme de la place Saint-Gervais ou l'impasse de la Croix-Jarry. Je croyais assez bien connaître

1. Le même René Delange met fin à la chronique de Queneau en 1938. C'est également lui qui, en juin 1941, un an après la fermeture de *L'Intransigeant*, lance l'hebdomadaire *Comœdia* considéré comme la vitrine culturelle de la Collaboration à Paris. À noter qu'en 1936, *L'Intransigeant* passe aux mains de l'un des groupes de presse les plus puissants de l'époque, le groupe Prouvost, qui crée le magazine *Marie-Claire* évoqué par Queneau dans *Le Dimanche de la vie* (voir la postface).

Paris, mais, en étudiant la question, je m'aperçus que non seulement je ne connaissais pas Paris, mais que peu de personnes pouvaient prétendre à cette connaissance. J'avais commencé, tout bêtement, avec le Rochegude — remplacé de nos jours par le Hillairet [1] —; et bien que moins de trente années nous séparassent l'un de l'autre, Rochegude avait vu des tas de choses qui avaient disparu — comme ça, tout doucement, sans révolution ni bombardements. Et, si maintenant je refondais le recueil (imaginaire) de mes articles, je verrais que tant de choses dont je recommandais la visite ou la vision sont également évanouies…

… Le vieux Paris n'est plus (la forme d'une ville change plus vite, hélas ! que le cœur d'un mortel).

Ces vers de Baudelaire, un contemporain les a commentés ainsi :

> *Le Paris que vous aimâtes*
> *n'est pas celui que nous aimons*
> *et nous nous dirigeons sans hâte*
> *vers celui que nous oublierons*
>
> *Topographies ! Itinéraires !*
> *Dérives à travers la ville !*

1. Le marquis de Rochegude publie le recueil des *Promenades dans toutes les rues de Paris par arrondissement* en 1910. Repris en 1923 par Maurice Dumoulin, l'ouvrage est réédité sous le titre *Guide pratique à travers le vieux Paris* (E. Champion éd.). En 1935, Jacques Hillairet prend le relais avec le *Dictionnaire historique des rues de Paris* qui fait toujours autorité (Éd. de Minuit). Queneau songeait quant à lui à une *Chronique de Paris* dans laquelle il pensait notamment corriger les erreurs relevées chez ses confrères lors de ses *dérives à travers la ville*. Mais l'ouvrage ne vit pas le jour.

Souvenirs des anciens horaires !
Que la mémoire est difficile...

Et sans un plan sous les yeux
on ne nous comprendra plus
car tout ceci n'est que jeu
et l'oubli d'un temps perdu

(Si on ne se citait pas quelquefois soi-même, qui donc le ferait jamais[1] ?)

Lorsque j'écrivais ces chroniques *Connaissez-vous Paris ?* je n'avais évidemment point tant de nostalgies à remuer. Je me préoccupais tout simplement de ne point indiquer d'inexactitudes dans le passé ou dans le présent. Dans le présent, c'était somme toute chose assez facile. Il me suffisait d'aller voir si les curiosités indiquées par Rochegude existaient encore. La plupart, je ne dirai pas hélas ! avaient disparu, et notamment cet éclairage à l'huile qu'indiquait encore une édition de peu antérieure à la Première Guerre mondiale. Je l'ai recherché dans ces arrondissements dont le numéro d'ordre dépasse le nombre X et qui, à l'époque, faisaient encore « excentrique ». Je ne sais si, maintenant, on pourrait encore dénicher un éclairage à l'huile dans le département de la Seine — il est vrai que notre avenue des Champs-Élysées est bien encore éclairée, en mai 1955, par des réverbères à

1. Queneau appréciait tout particulièrement ce poème intitulé *L'Amphion* qu'il avait adressé à Jean Piel en 1923. Il l'insère dans *Les Derniers Jours*, roman autobiographique publié en 1936. Le poème prend place dans *Les Ziaux* en 1943. En 1949, il est reproduit dans l'*Almanach de Paris An 2000* (Le Cercle d'échanges artistiques internationaux), puis recueilli dans *Si tu t'imagines* (1952). Queneau le commente à la radio en 1953 avant de le citer à nouveau dans la revue *Service* en juillet 1955.

gaz ! Un tel retard ne semble d'ailleurs pas tellement ulcérer la masse des Parisiens…

Un des premiers endroits de Paris où, poussé par le Rochegude, je sois allé traîner ma curiosité inquisitive, c'est l'impasse de la Croix-Jarry, déjà renommée. Elle donne dans la rue Watt, près des pastilles de Vichy, quelque part dans le fin fond du 13e, au-delà de la gare d'Austerlitz et de la place d'Italie. De toutes les curiosités que j'ai signalées alors, c'est une des rares qui soient restées intactes. J'y suis retourné, au début de cette année, avec Boris Vian, qui m'a volontiers accordé que, dans le genre, ce n'était pas mal. À l'époque, j'y avais envoyé le peintre Élie Lascaux[1] qui, posant là son chevalet, en avait fait sortir une assez incroyable faune de vagabonds et de clochards : lui aussi voulut bien m'accorder que, dans le genre, ce n'était pas mal.

Ma chronique eut, je dois le dire en toute modestie, un certain succès. Elle dura plus de deux ans ; à raison de trois questions par jour, cela en fit plus de deux mille que je posai au lecteur bénévole — sans jamais me répéter et en ne me trompant gravement qu'une seule fois : j'avais déclaré que le 1er arrondissement était dépourvu de cinéma ; j'oubliais le Vendôme. Le jour même, un monsieur en melon se présentait au journal pour toucher la prime qu'il supposait attribuée à tout lecteur relevant une erreur. Il fut déçu en apprenant qu'il n'y en avait point.

Les lecteurs, d'ailleurs, avaient plutôt tendance

---

1. Ami de Queneau et parrain de son fils Jean-Marie, Élie Lascaux, beau-frère du célèbre marchand d'art Daniel-Henry Kahnweiler, peint en 1937 une petite huile sur toile intitulée *La rue Croix-Jarry* (22 x 27 cm. Reproduite dans « *Raymond Queneau. Regards sur Paris* », C. Rameil, E. Souchier éd., *Cahiers Raymond Queneau*, n°6, 1987).

à collaborer. Ou bien leurs questions m'orientaient vers des problèmes intéressants, ou bien ils m'en donnaient eux-mêmes la réponse. C'est ainsi que, dans la rue qui semble la plus ingrate à ce point de vue — j'ai nommé la rue Turbigo — on me signala une maison d'apparence fort banale, genre Haussmann, mais dont la façade s'orne — pour un œil plus attentif — d'un bas-relief haut de trois étages représentant un ange ailé tenant un « sac » à la main, commémorant un rêve prémonitoire du propriétaire de l'immeuble, lequel (propriétaire), avait vu en songe une nuit cet ange ailé avec son « sac » à la main. Le lendemain, il (le propriétaire) gagnait à quelque loterie ; avec l'argent, faisait construire ; et, en souvenir de l'ange, demandait à son architecte de le représenter sur sa façade.

Au bout de peu de temps, ce genre de choses seul m'intéressa. J'en découvris ainsi quatre ou cinq dans Paris, que personne n'avait remarquées — et que, d'ailleurs, on n'a jamais signalées depuis. Pour les choses classiques, c'était assez décourageant. Quelques séances à la Bibliothèque Nationale suffirent à me montrer que la plupart des livres sur Paris se copiaient les uns les autres, que des erreurs antiques rectifiées depuis des années continuaient à se perpétuer, qu'un peu de « méthode historique » suffisait à faire disparaître de vains fantômes et de piétinantes inexactitudes. Je les vois d'ailleurs resurgir avec une amère satisfaction dans des chroniques d'amateurs, précisément de « vrais » fantômes !

Au cours de ces recherches, j'appris également que rien n'est plus délicat, ni difficile que l'histoire contemporaine. Trouver, par exemple, l'emplacement du premier central téléphonique n'est pas si simple qu'on pense. La plupart des dates que donnaient mes confrères chroniqueurs s'avéraient à peu près toutes fausses après 1870.

Il ne faudrait pas croire cependant que je ne me suis pas intéressé aux Antiquités parisiennes. J'ai signalé tout le gallo-romain, le Mérovingien, et ainsi de suite jusqu'aux hôtels du XVIIIe siècle et, ma foi, après, je me suis laissé entraîner. L'architecture du XIXe siècle m'a passionné : j'y ai découvert des nuances. Ensuite, j'ai repéré les immeubles modern'style, les œuvres de Guimard, l'architecte du métro, dont on vient de démolir une des réussites qui valait bien quelque banal hôtel du XVIIe.

Les terrains vagues même, finirent par me fasciner et je cherchai à en déchiffrer l'histoire. Rien ne me paraissait plus digne de remarque que les débris des fortifications ou les pavillons de quelque rue oubliée du 13e, lorsqu'un changement de direction et la lassitude peut-être du public — vint mettre fin à cette source de revenus.

J'avais énuméré les lignes d'autobus les plus longues, les stations de métro les plus profondes, les avatars des rues et des égouts, les propriétés du dernier funiculaire... J'avais examiné maison par maison toutes les rues des dix premiers arrondissements et notable quantité des dix autres... Et ce fut Munich et le reste. Pendant de nombreuses années, je ne sortis pas de France et, pourtant, plus tard, je me disais : comme c'est curieux, il me semble que j'ai fait un long... très long... voyage.

J'avais visité Paris.

par RAYMOND QUENEAU,
de l'académie Goncourt.
Service, juillet 1955

NOTE SUR LA PRÉSENTE ÉDITION

La rubrique « Connaissez-vous Paris ? » paraît dans *L'Intransigeant* du 23 novembre 1936 au 26 octobre 1938, présentant quotidiennement trois questions-réponses sur Paris. Pour la présente édition, nous avons retenu environ un quart de ces 2102 questions-réponses. Le principal critère de sélection repose sur la pérennité des informations données par l'auteur ; nombre des particularités de la ville ont en effet disparu depuis les années 1930.

QUESTIONS

1. *Où se trouvait le cimetière de la Plaine-Monceau, où furent inhumés Camille et Lucile Desmoulins, Danton, Lavoisier, Robespierre, Saint-Just, etc. ?*

2. *Qui était le Père Lachaise ?*

3. *Quelle est l'origine de l'observatoire du Parc Montsouris ?*

4. *Comment fut d'abord dénommé le boulevard Saint-Michel ?*

5. *Sur quel édifice de Paris voit-on encore des traces de boulets datant de la Révolution française ?*

6. *Quelles sont les rues dont le Conseil municipal, à la faveur d'un calembour, a changé le nom, telle, par exemple, la rue d'Enfer transformée en rue Denfert-Rochereau ?*

1. Le terrain vague situé entre le mur des Fermiers-Généraux (boulevard de Courcelles), le parc de Monceau, la rue de Monceau et la rue du Rocher fut transformé en cimetière le 20 mars 1794. C'est là que furent inhumés Camille et Lucile Desmoulins, Danton, Lavoisier, Robespierre, Saint-Just, etc. Le cimetière fut désaffecté en 1797.

2. Le confesseur de Louis XIV. Il avait un appartement dans la maison des Jésuites située sur l'emplacement actuel du cimetière.

3. C'était le Palais Tunisien de l'Exposition de 1867.

4. Le boulevard Sébastopol rive gauche. Il garda ce nom de 1856 à 1867.

5. Il est un édifice à Paris où l'on voit encore des traces de boulets datant de la Révolution française : c'est l'église Saint-Roch. Sur ses marches, Napoléon Bonaparte fit mitrailler les insurgés royalistes, le 13 vendémiaire, an IV.

6. Selon le même système qui fit de la rue d'Enfer la rue Denfert-Rochereau, la rue Charpentier (6e) est devenue la rue Pape-Carpentier, la rue de la Fontaine (16e) la rue La Fontaine et le chemin de la Croix (à Passy) la rue Delacroix.

7. *De quel monument se sont inspirés les constructeurs de la Bourse ?*

8. *Quel était le cours du ruisseau de Ménilmontant ?*

9. *Où sont inhumés Corneille, Racine et Boileau ?*

10. *Qui était Vaneau ?*

11. *Dans quelle église peut-on voir des bénitiers formés de coquilles données par Victor Hugo ?*

12. *Il existe encore dans Paris une borne, posée en 1731, indiquant la limite de deux seigneuries. Derrière quelle maison célèbre se trouve-t-elle ?*

7. Les constructeurs de la Bourse se sont inspirés du Temple de Vespasien, à Rome. La Bourse fut construite de 1808 à 1827 ; les deux ailes ont été ajoutées en 1908.

8. Le ruisseau de Ménilmontant partait du Temple, traversait les faubourgs Saint-Martin et Saint-Denis, suivait la rue La Boétie et se jetait dans la Seine à la hauteur de la place de l'Alma. Il servit d'égout, dès le xve siècle. Son cours fut régularisé au xviiie siècle, de 1737 à 1740. Il fut transformé en un canal pavé et définitivement recouvert à la fin du xviiie siècle.

9. Corneille, Racine et Boileau sont inhumés respectivement dans les églises Saint-Roch, Saint-Étienne du Mont et Saint-Germain des Prés.

10. Vaneau est le nom d'un polytechnicien tué le 29 juillet 1830 à l'attaque de la caserne Babylone, 49, rue de Babylone.

11. C'est dans l'église Saint-Paul-Saint-Louis que l'on peut voir des bénitiers formés de coquilles données par Victor Hugo à l'occasion du baptême de son premier enfant.

12. Derrière la maison de Balzac, au 24 de la rue Berton, on peut voir une borne posée en 1731, indiquant la limite des seigneuries de Passy et d'Auteuil.

13. *Combien de noms de batailles sont inscrits sur l'Arc de Triomphe de l'Étoile ?*

14. *D'où vient le nom du pont d'Arcole ?*

15. *Que prétendent représenter les deux fontaines de la place de la Concorde ?*

16. *Quel agréable souvenir dentaire est attaché à la place des États-Unis ?*

17. *De quel monument provient l'arcade Renaissance du parc Monceau ?*

18. *Qu'étaient-ce que les Deux Nèthes qui ont donné leur nom à une impasse proche de la place Clichy ?*

13. Cent vingt-huit noms de batailles sont inscrits sur l'Arc de Triomphe de l'Étoile.

14. Le nom « d'Arcole » a été donné au pont d'Arcole non en souvenir de l'épisode célèbre de la campagne d'Italie, mais en l'honneur d'un jeune homme tué sur ce pont le 28 juillet 1830 en y plantant le drapeau tricolore. Il ne s'appelait pas ainsi, mais dit en se lançant à l'assaut : « Si je meurs, souvenez-vous que je m'appelle d'Arcole. »

15. Ces deux fontaines de la place de la Concorde représentent les navigations fluviale et maritime. (Elles imitent d'ailleurs celles de la place Saint-Pierre, à Rome, qui n'ont pas cette prétention.)

16. Place des États-Unis se trouve la statue d'Horace Wells, chirurgien américain, qui utilisa le premier le gaz hilarant pour l'anesthésie dentaire.

17. L'arcade Renaissance du parc Monceau provient de l'ancien Hôtel de Ville de Paris.

18. L'impasse des Deux-Nèthes (18e) a pris son nom du département des Deux-Nèthes, chef-lieu Anvers, sous Napoléon Premier.

19. *Sur quelle maison du 5ᵉ arrondissement peut-on voir figuré un épisode de la légende de saint Julien l'Hospitalier ?*

20. *Quelle est la rue la plus courte de Paris ?*

21. *Des personnes, trouvant leur nom malsonnant, y changent parfois une lettre pour lui donner meilleure allure. Quelle est la rue du 16ᵉ au nom de laquelle on a fait subir un traitement analogue ?*

22. *À quelle date fut terminé l'aménagement de la place du Carrousel ?*

23. *Quelle est l'église la plus ancienne de Paris ?*

24. *Où se trouve le passage des Singes ?*

19. Rue Galande, 42 (5ᵉ), on peut voir, au-dessus de la porte, un bas-relief du XIVᵉ siècle représentant une scène de la légende de saint Julien l'Hospitalier.

20. La rue la plus courte de Paris est la rue des Degrés (2ᵉ), qui a moins de sept mètres de longueur.

21. La rue Verderet, dans le 16ᵉ, portait autrefois un nom malsonnant. C'est en transformant la première lettre qu'on lui a donné son nom actuel.

22. L'aménagement de la place du Carrousel commencé en 1869 ne fut terminé qu'en 1908.

23. L'église la plus ancienne de Paris est Saint-Germain-des-Prés. Le corps de la tour de l'Ouest est du XIᵉ siècle. Le pape Alexandre III fit la dédicace de cette église en 1163.

24. Le passage des Singes va du 43 de la rue Vieille-du-Temple au 6 de la rue des Guillemites, autrefois nommée rue des Singes.

25. *Pourquoi la place des Vosges prit-elle ce nom en 1799 ?*

26. *Combien y avait-il de maisons avenue des Champs-Élysées en 1800 ?*

27. *Il y a dans Paris un pavé de bronze. Où se trouve-t-il ?*

28. *Où se trouve la ruelle Sourdis et que présente-t-elle de particulier ?*

29. *Quel reste de la civilisation romaine peut-on voir près de Saint-Julien-le-Pauvre ?*

30. *Où se trouve la rue de la Pierre-Levée ? D'où vient son nom ?*

25. On donna en 1799 le nom de place des Vosges à l'ancienne place Royale, en l'honneur du département des Vosges qui, le premier, avait payé en totalité le montant de ses impositions.

26. Six, dont : l'hôtel de Massa au 52 (reconstruit dans les jardins de l'Observatoire), le pavillon de Langeac à l'angle de la rue de Berry, la brasserie du frère de Santerre à l'angle opposé, une caserne de gardes suisses au 79 (toutes ces constructions sont démolies).

27. Il y a un pavé de bronze au centre du grand refuge de la place du Parvis Notre-Dame. C'est le point de départ du kilométrage de toutes les routes de France. Il fut placé en 1924.

28. La ruelle Sourdis, qui va de la rue Charlot à la rue Pastourelle (dans le 3e), est une des dernières voies de Paris avec ruisseau central. Elle était encore, il y a quelques années, éclairée à l'huile.

29. On peut voir, derrière l'église Saint-Julien-le-Pauvre, une dalle provenant de la voie romaine qui reliait Paris à Orléans. Elle fut trouvée rue Saint-Jacques, devant le Collège de France, en 1927.

30. La rue de la Pierre-Levée va de la rue des Trois-Bornes à la rue de la Fontaine-au-Roi (11e). Lors de son percement, en 1782, on y trouva un menhir.

31. *En quel endroit de Paris est perpétué le souvenir de l'incendie du Bazar de la Charité ?*

32. *Qu'est-ce que la pyramide en marbre rouge qui se trouve en face de l'église d'Auteuil ?*

33. *D'où vient le nom de la rue Campagne-Première ?*

34. *Quel souvenir Robert Fulton, l'inventeur du bateau à vapeur, a-t-il laissé sur les grands boulevards ?*

35. *À quelle date furent commencés les travaux de démolition des fortifications ?*

36. *Pourquoi les tours de Notre-Dame présentent-elles de légères dissemblances ?*

31. La chapelle qui se trouve 23, rue Jean-Goujon a été consacrée à la mémoire des victimes de l'incendie du Bazar de la Charité, qui eut lieu le 4 mai 1897.

32. La pyramide de marbre rouge que l'on voit devant l'église d'Auteuil est un reste de l'ancien cimetière ; c'est le tombeau du chancelier d'Aguesseau et de sa femme, Anne Lefèvre d'Ormesson (1753).

33. Le général Taponnier était propriétaire des terrains environnant la rue Campagne-Première ; il lui avait donné ce nom en souvenir de la première campagne qu'il avait faite à Wissembourg.

34. Le passage des Panoramas tire son nom de panoramas représentant les principales villes du monde et qui furent installés là en 1800 par Robert Fulton, l'inventeur du bateau à vapeur. Ils disparurent en 1831.

35. Les travaux de démolition des fortifications ont commencé en avril 1919.

36. Les tours de Notre-Dame ne sont pas exactement semblables parce que seules les cathédrales archiépiscopales pouvaient avoir des tours identiques ; or Paris ne devint un archevêché qu'en 1622.

37. *De quand date le numérotage actuel des rues ?*

38. *Qu'était-ce que la Samaritaine ?*

39. *D'où vient le nom du pont Marie ?*

40. *Quel est le premier édifice de Paris qui fut éclairé au gaz ?*

41. *Quel est le musée dépendant de la ville de Paris et situé en territoire étranger ?*

42. *En 1726 défense fut faite de construire depuis les « bornes et limites » de Paris jusqu'au plus prochain village. Sur quelle maison du 12ᵉ arrondissement peut-on voir une plaque indiquant ces « bornes et limites » ?*

37. Le numérotage actuel des rues de Paris date de
    1805. La seule différence est qu'à cette époque
    les numéros des rues perpendiculaires à la
    Seine devaient être noirs sur fond ocre et ceux
    des rues parallèles rouges sur fond ocre.

38. La Samaritaine était une machine hydraulique
    qui distribuait les eaux (de la Seine) sur la rive
    droite. Elle fut construite sous Henri IV dans
    l'île de la Cité, près du pont Neuf.

39. Marie, qui a donné son nom au pont Marie,
    était Entrepreneur des Ponts de France au début
    du XVIIe siècle. Ce fut lui qui obtint la conces-
    sion du bateau-lavoir encore existant que nous
    signalions hier.

40. L'hôpital Saint-Louis fut le premier édifice de
    Paris éclairé au gaz. La première usine fut ins-
    tallée dans un des bâtiments en 1818.

41. Le musée dépendant de la Ville de Paris et situé
    en territoire étranger est Hauteville-House, la
    maison de Victor Hugo à Saint-Pierre-Port
    (Guernesey).

42. Rue de Charenton, 304, on peut voir une
    plaque datée de 1726 rappelant que « défenses
    expresses sont faites de bâtir depuis les pré-
    sentes bornes et limites jusqu'au plus prochain
    village ».

43. *Quel est l'illustre philosophe dont le crâne se trouve dans un musée et le corps dans une église ?*

44. *À quelle époque fut créé le canal Saint-Martin ?*

45. *Combien y avait-il de statues à Paris à la fin du Second Empire ?*

46. *Quel est le plus ancien square de Paris ?*

47. *Quelle est la rue de Paris dont le nom est le plus court ?*

48. *Où se trouve le passage de la Reine-de-Hongrie et d'où vient ce nom ?*

43. Le crâne de Descartes se trouve au Muséum d'Histoire Naturelle ; son corps repose à Saint-Germain-des-Prés.

44. Le canal Saint-Martin fut créé en vertu de la loi du 19 mai 1802, mais il ne fut ouvert à la batellerie qu'en 1825.

45. Il n'y avait que neuf statues à Paris, à la fin du Second Empire : Philippe-Auguste et Saint-Louis place de la Nation, Henri IV au pont Neuf, Louis XIII place des Vosges, Louis XIV place des Victoires, Napoléon Ier place Vendôme, Molière, rue Richelieu, Ney avenue de l'Observatoire, Moncey, place Clichy.

46. Le plus ancien des squares de Paris est le square de la Tour-Saint-Jacques aménagé en 1856.

47. La rue de la Py (20e) est la rue de Paris dont le nom est le plus court.

48. Le passage de la Reine-de-Hongrie va de la rue Montmartre à la rue Montorgueil. Une marchande aux Halles, Julie Bécheur, qui habitait ce passage en 1789, ressemblait à ce point à la reine de Hongrie (Marie-Thérèse) que Marie-Antoinette, l'apercevant un jour, en fut elle-même frappée. On la surnomma la « Reine de Hongrie » et le nom resta au passage qu'elle avait habité.

49. *Quelle est la voie de Paris dont le nom est le plus long ?*

50. *Où se trouve la rue La Rochelle, et d'où vient son nom ?*

51. *Quelle est la voie de Paris la plus étroite ?*

52. *Dans quelles circonstances fut percé le souterrain qui relie l'annexe Ventadour de la Banque de France au passage Choiseul ?*

53. *Où se trouve l'immeuble qui fut primé au Concours des façades de la Ville de Paris, en 1897-1898 ?*

54. *Que représente la porte sculptée du 14 de la rue Servandoni ?*

49. Le square des Écrivains-combattants-morts-pour-la-France (16e) est la voie de Paris dont le nom est le plus long.

50. La rue La Rochelle donne dans la rue de la Gaîté. Boulanger, dit La Rochelle, fut directeur du Théâtre Montparnasse de 1853 à 1866. On peut voir son buste sur le fronton du Théâtre Montparnasse.

51. La voie de Paris la moins large est le passage de la Duée (20e), long de 85 mètres et large seulement de 0 m 90.

52. L'annexe de la Banque de France de la place Ventadour a remplacé en 1898 le Théâtre Italien, dit aussi Salle Ventadour. Le souterrain qui reliait ce théâtre au passage Choiseul avait été exigé par la prudence de Louis-Philippe. Il a été retrouvé au cours de travaux dans les caves de la banque.

53. Le curieux immeuble, dit « castel Béranger », que l'on peut voir, 14, rue La Fontaine, fut primé en 1898, au Concours de façades de la Ville de Paris. Il est l'œuvre de l'architecte H. Guimard.

54. Au 14, rue Servandoni, on peut voir une porte sculptée représentant Servandoni (l'un des architectes de Saint-Sulpice) dépliant un plan.

55. *Quelle est l'origine du nom du bois de Boulogne ?*

56. *Quelle confiserie, fondée en 1800, a encore gardé son décor de l'époque ?*

57. *Combien y a-t-il d'arcs de triomphe à Paris ?*

58. *Sur les quelque 130 églises et chapelles de quelque importance qu'il y a à Paris, combien sont antérieures à la Révolution ?*

59. *Où se trouvent le trône de Napoléon et le manteau qu'il portait au Sacre ?*

60. *D'où vient le nom de l'avenue de Villiers ?*

55. Philippe IV, en mémoire d'un pèlerinage qu'il fit à Notre-Dame de Boulogne-sur-Mer en 1308, fit construire dans la forêt de Rouvray une église de N.-D. de Boulogne qui donna son nom à la région environnante.

56. La confiserie, située 30, rue des Saints-Pères, fondée en 1800 est une des très rares boutiques ayant conservé une décoration de cette époque. (Une partie date de la Restauration.)

57. Il y a quatre arcs de triomphe à Paris : la porte Saint-Denis (1872 pour commémorer les victoires de Louis XIV en Hollande), la porte Saint-Martin (1674, victoires de Turenne et de Condé), l'arc de l'Étoile (dit d'Austerlitz) et celui du Carrousel (dit de Marengo).

58. Sur 130 églises et chapelles importantes qu'il y a à Paris, 57 seulement sont antérieures à la Révolution.

59. Le premier, dans l'ancienne salle du Livre d'Or du Sénat et, le second, dans le Trésor de Notre-Dame.

60. L'avenue de Villiers conduisait à Villiers-la-Garonne, village qui se trouvait le long de la Seine, face à l'île de la Grande-Jatte, dès le IXe siècle. Neuilly était un hameau qui en dépendait et qui le supplanta au XVIIIe siècle. Une partie de Villiers fut absorbée par Neuilly et l'autre par Levallois-Perret.

61. *Où se trouve la fontaine Trogneux ?*

62. *Quelle est la seule église de Paris ayant un jubé ?*

63. *D'où proviennent les statues que l'on voit sur la façade de la maison qui fait le coin de la rue Saint-Denis (n° 133) et de la rue Étienne-Marcel (n° 13) ?*

64. *Quel roi fit de Paris la capitale de la France ?*

65. *La station de métro qui se trouve porte de Picpus se nomme Porte Dorée. Pourquoi ?*

66. *De même la station de métro de la porte de Neuilly est appelée Porte Maillot. Pourquoi ?*

61. La fontaine Trogneux, qui date de 1710, est le monument que l'on voit au coin de la rue de Charonne et du faubourg Saint-Antoine.

62. Saint-Étienne-du-Mont est la seule église de Paris qui possède un jubé.

63. Les statues que l'on voit sur la façade de la maison qui fait le coin de la rue Saint-Denis (n° 133) et de la rue Étienne-Marcel (n° 13) proviennent de l'église de l'ancien hôpital Saint-Jacques, fondé en cet endroit au XIVe siècle.

64. C'est en 508 que Clovis fixa le siège du royaume à Paris.

65. La porte Dorée est un nom usuel de la porte de Picpus. L'étymologie en est discutée ; les uns prétendant qu'il y eut là une porte dorée, les autres voulant que ce nom provienne du fait que cette porte est à l'orée du Bois de Vincennes.

66. Par contre, la porte de Neuilly et la porte Maillot sont deux portes différentes, la seconde étant proprement l'entrée du Bois de Boulogne. Son nom provient d'un jeu de mail qui se trouvait là autrefois.

67. *Où se trouvait le Pavillon de Hanovre et qu'est-il devenu ?*

68. *Qu'est-ce que le monument que l'on voit au 44 de l'avenue de l'Observatoire ?*

69. *Quelle particularité (légendaire) aurait présenté la construction de l'Observatoire ?*

70. *D'où vient le nom de Grenelle ?*

71. *Quelle particularité présente le cimetière de Vaugirard ?*

72. *À quelle époque furent fixés l'emplacement et le nombre des îlots insalubres ?*

67. Le Pavillon de Hanovre qui datait de 1760, a été remplacé par le Palais Berlitz ; mais on l'a reconstruit dans le parc de Sceaux, à l'ouest du Grand Canal, dans l'axe du bassin de l'Octogone.

68. Le monument que l'on voit au 44 de l'avenue de l'Observatoire et qui se trouve dans les jardins des Dames du Bon Pasteur, est l'ancien château d'eau d'Arcueil, un « regard » datant du XVIIe siècle.

69. L'Observatoire fut construit de 1667 à 1672 sur les plans de Claude Perrault. Certains auteurs prétendent qu'il n'est entré dans sa construction ni bois ni fer ; mais ce détail est purement imaginaire.

70. Grenelle, c'est-à-dire « petite garenne », était une exploitation agricole qui appartenait à l'abbaye Sainte-Geneviève, dès les Mérovingiens. Les terrains furent lotis en 1823. Érigée en commune en 1830, Grenelle fut annexée à Paris en 1859.

71. Une partie du cimetière de Vaugirard est réservée aux Invalides.

72. C'est en 1918 que furent déterminés les 17 îlots insalubres de Paris.

73. *De quelle façon fut donné leur nom actuel aux rues Georges-Bizet (16ᵉ) et Roger-Bacon (17ᵉ) ?*

74. *Qu'est-ce que la tourelle que l'on voit au coin de la rue des Francs-Bourgeois et de la rue Vieille-du-Temple ?*

75. *Dans quelle maison Brillat Savarin est-il mort, le 2 février 1826 ?*

76. *À quelle époque fut créé le Jardin des Plantes ?*

77. *Dans quel hôtel (encore existant) Richard Wagner logea-t-il de décembre 1861 au 1ᵉʳ février 1862 ?*

78. *Où se trouve la rue Roubo et d'où vient son nom ?*

73. Les rues Georges-Bizet (16e) et Roger-Bacon (17e) se dénommaient autrefois simplement rue Bizet et rue Bacon, du nom de leur propriétaire. L'adjonction d'un prénom a suffi pour les consacrer à des hommes illustres. Rappelons que la rue Georges-Bizet, ex-rue Bizet, s'appelait avant 1826 rue des Blanchisseuses et, plus anciennement encore, ruelle des Tourniquets.

74. La tourelle que l'on voit au coin de la rue des Francs-Bourgeois et de la rue Vieille-du-Temple faisait partie de l'hôtel Hérouet (début du XVIe siècle). Il en subsiste une autre, 54, rue du Marché-des-Blancs-Manteaux.

75. Brillat-Savarin est mort le 2 février 1826 dans la maison qui fait l'angle de la rue Richelieu et de la rue des Filles-Saint-Thomas.

76. Le Jardin des Plantes fut créé en 1626.

77. Richard Wagner logea de décembre 1861 au 1er février 1862 à l'hôtel Wogue (maintenant hôtel du quai Voltaire), 19, quai Voltaire.

78. La rue Roubo va de la rue du Faubourg-Saint-Antoine (n° 263) à la rue de Montreuil. André-Jacques Roubo (1740-1791) était un maître-menuisier, auteur de l'*Art du menuisier*.

79. *Où peut-on voir encore à Paris un manoir du xve siècle ?*

80. *Où se trouve l'emplacement exact de la tour de Nesle ?*

81. *Qu'est-ce que la borne qui se trouve au coin de la rue de Vaugirard et de la rue Littré ?*

82. *Il y a, à Paris, deux passages des Épinettes. Où se trouvent-ils ?*

83. *Où se trouve la maison où Michelet (mort à Hyères le 9 février 1874) passa les dernières années de sa vie ?*

84. *D'où vient le nom de la rue du Commandeur (14e) ?*

79. La maison dite, à tort, de la Reine Blanche, 17, rue des Gobelins, est un ancien manoir du XVe siècle entièrement rebâti au XVIe siècle.

80. La salle de lecture de la Bibliothèque Mazarine, à l'Institut, se trouve à l'emplacement exact de la tour de Nesle.

81. La borne ancienne qui se trouve rue de Vaugirard, 35 indique la première demi-lieue à partir de Notre-Dame.

82. Il y a deux passages des Épinettes à Paris : l'un, dans le 14e, 76, boulevard du Montparnasse et, l'autre, dans le 17e, 25, rue des Épinettes. Le passage Pouchet, au 41 de la même rue, s'est également appelé passage des Épinettes jusqu'en 1894.

83. Une plaque indique, 76, rue d'Assas, la maison où Michelet (mort à Hyères le 9 février 1874) passa les dernières années de sa vie.

84. La rue du Commandeur (14e) fut ainsi nommée parce que le propriétaire était commandeur de la Légion d'honneur.

85. *Où fut installé le premier paratonnerre à Paris ?*

86. *Où fut réalisée, pour la première fois, l'expérience du pendule de Foucault qui démontre la rotation de la terre ?*

87. *Que présente de remarquable l'immeuble portant le n° 6 de la place Saint-Sulpice ?*

88. *Qui était Sthrau, qui a donné son nom à une rue du 13e arrondissement ?*

89. *Quelles rues de Paris ont porté le nom de rue d'Enfer ?*

90. *D'où vient le nom du quartier des Enfants-Rouges ?*

85. Le premier paratonnerre fut installé par Benjamin Franklin sur l'hôtel où il demeura de 1777 à 1785 et dont le 66 de la rue Raynouard occupe maintenant l'emplacement.

86. Louis Foucault réalisa en 1851 l'expérience du pendule qui démontre la rotation de la terre, dans l'hôtel qu'il habitait 28, rue d'Assas, et où il mourut le 11 février 1868.

87. La place Saint-Sulpice devait être entourée de maisons de même style. Une seule d'entre elles fut construite selon ce plan (par Servandoni, en 1754), c'est celle qui porte le n° 6.

88. Sthrau, qui a donné son nom à une rue du 13ᵉ arrondissement, était un tambour de 15 ans mort à Wattignies en 1793.

89. En dehors de la rue Denfert-Rochereau qui s'est appelée la rue d'Enfer jusqu'au 30 juillet 1878, la rue Bleue a également porté ce nom (jusqu'au 14 février 1789) ainsi que, plus anciennement, la rue des Ursins et la rue des Fossés-Saint-Marcel.

90. Il existait, dans le quartier actuellement dit des «Enfants Rouges», un Hospice des Enfants de Dieu, surnommés enfants rouges d'après la couleur des vêtements qu'ils portaient.

91. *De qui sont les sculptures qui ornent la Fontaine des innocents ?*

92. *Dans quelle maison de Paris Molière est-il mort le 17 février 1673 ?*

93. *Où se trouve le passage Molière et pourquoi lui a-t-on donné ce nom ?*

94. *Quelles sont les rues du 3ᵉ arrondissement dont le nom rappelle le temps où les égouts coulaient à ciel ouvert ?*

95. *Qu'est-ce qu'un examen attentif permet de découvrir de particulier dans la construction de la colonne Vendôme ?*

96. *Où peut-on voir une belle enseigne sur pierre du XVIIIᵉ siècle représentant un astronome traçant un cadran solaire ?*

91. On dit habituellement que la Fontaine des inno-
     cents est de Jean Goujon. En réalité, seules les
     faces nord et est, ainsi que la naïade portant une
     urne de la face ouest sont de Jean Goujon. Le
     reste a été exécuté, en 1788, par Augustin Pajou.

92. Molière est mort le 17 février 1673 dans une
     maison dont le 40 de la rue Richelieu occupe
     aujourd'hui l'emplacement.

93. Le passage Molière (157, rue Saint-Martin) fut
     ainsi nommé à cause du Théâtre Molière (puis
     Théâtre des Sans-Culottes) qui y fut ouvert en
     1791.

94. Le passage du Pont-aux-Biches (89, rue Meslay
     [3e]) tire son nom d'un pont qui passait au-des-
     sus d'un égout ; de même l'impasse de la Plan-
     chette, 324, rue Saint-Martin. (Rappelons qu'au
     fond de cette impasse se trouve la cour Saint-
     Martin, autrefois bureau de diligences.)

95. En regardant attentivement la colonne Vendôme,
     on peut apercevoir de nombreuses lucarnes très
     étroites ménagées dans toute la hauteur du fût
     et qui servent à éclairer l'escalier intérieur. Elles
     sont invisibles à quelques pas.

96. 19, rue du Cherche-Midi, on peut voir une
     enseigne sur pierre du XVIIIe siècle représentant
     un astronome traçant un cadran solaire. Contrai-
     rement à une opinion couramment admise, ce
     n'est pas à cette enseigne que la rue doit son
     nom, dont l'origine reste inconnue.

97. *Quand fut inauguré le réseau téléphonique de Paris ?*

98. *Où se trouvait le Club des Jacobins ?*

99. *Où peut-on voir une inscription indiquant l'emplacement de la Salle du Manège où siégèrent successivement la Constituante, l'Assemblée législative et la Convention ?*

100. *Qui était Collette, qui a donné son nom à une rue du 17ᵉ arrondissement ?*

101. *Où se trouve la rue de Fécamp et quelle est l'origine de son nom ?*

102. *Où mourut Corot, le 22 février 1875 ?*

97. C'est le 8 septembre 1879 que fut inauguré le réseau téléphonique de Paris, le premier réseau téléphonique européen.

98. L'entrée du Club des Jacobins se trouvait rue Saint-Honoré, à la place où s'ouvre maintenant la rue du Marché-Saint-Honoré.

99. Sur l'un des piliers de la grille du Jardin des Tuileries, rue de Rivoli, un peu après la rue de Castiglione, on peut voir une plaque indiquant l'emplacement de la salle du Manège. C'est là que siégèrent la Constituante, l'Assemblée législative et la Convention jusqu'au 8 mai 1793.

100. Collette qui a donné son nom à une rue du 17ᵉ était un employé de la Compagnie des Chemins de fer de l'Ouest, mort en 1893 en sauvant un voyageur.

101. La rue de Fécamp va de l'avenue Daumesnil à la rue des Meuniers. Cette région s'appelait autrefois le val de Fécan ou Fécamp ; la rue de Charenton suit le tracé de cette vallée.

102. Corot est mort le 22 février 1875, 56, Faubourg-Poissonnière.

103. *Quelle est l'église de Paris qui porta le surnom de Notre-Dame-des-Gravois ?*

104. *Où se trouvait, au Moyen Âge, le collège d'Upsal, fondé pour les étudiants suédois de l'Université de Paris ?*

105. *Qu'est-ce que la curieuse façade à fronton du 85 de la rue du Bac ?*

106. *Où se trouvait la porte Saint-Honoré ?*

107. *Quelle est la première voie parisienne qui fut pourvue de trottoirs ?*

108. *Pourquoi les Chevaux de G. Coustou, qui se trouvent à l'entrée des Champs-Élysées, sont-ils appelés Chevaux de Marly ?*

103. Notre-Dame de Bonne-Nouvelle était surnommée autrefois Notre-Dame des Gravois, car la butte Bonne-Nouvelle fut formée par des dépôts d'immondices. Loti au XVIe siècle, le quartier porta le nom de Ville-Neuve-en-Gravois, d'où le nom de la rue de la Villeneuve.

104. Rue Serpente, 15, une plaque commémorative rappelle l'emplacement du collège de Suesse ou d'Upsal, fondé en 1291 pour les étudiants suédois de l'Université de Paris.

105. La curieuse façade à fronton du 85 de la rue du Bac est un reste du couvent des Récollettes, fondé en 1627. Sous la Révolution, il devint un bal, puis en 1798 le Théâtre des Victoires Nationales.

106. La porte Saint-Honoré se trouvait à l'emplacement du 161 de la rue Saint-Honoré. C'est là que le 8 septembre 1429, Jeanne d'Arc fut blessée, en tentant de prendre la ville.

107. La première voie parisienne à être pourvue de trottoirs fut le pont Neuf, au XVIIe siècle.

108. Les chevaux de G. Coustou se trouvaient au XVIIIe siècle à l'entrée de l'abreuvoir de Marly, d'où leur nom. Ils furent placés à l'entrée des Champs-Élysées en 1795.

109. *Où peut-on voir le tracé de l'enceinte gallo-romaine de Lutèce ?*

110. *Quel est le prélat italien qui est inhumé au Panthéon ?*

111. *Quelle est l'origine de la dénomination de la rue Marcadet ?*

112. *Quelle authenticité faut-il attribuer au tombeau d'Héloïse et d'Abélard, au Père-Lachaise ?*

113. *Où peut-on voir la « maison d'Héloïse et Abélard » ?*

114. *Quelle église de Paris fut entièrement construite en fonte ?*

109. À hauteur du n° 6, rue de la Colombe, dans l'île de la Cité, une ligne de pavés marque le tracé de l'enceinte gallo-romaine, dont les vestiges furent découverts en 1898.

110. Mgr Caprara, cardinal-archevêque de Milan, mort à Paris en 1810, est inhumé au Panthéon.

111. La rue Marcadet est ainsi dénommée d'après un lieu-dit, signalé dès 1540 et appelé la Mercade ou la Mercadée, c'est-à-dire le Marché.

112. Le monument d'Héloïse et d'Abélard au Père-Lachaise fut composé de toutes pièces par Alexandre Lenoir qui utilisa des fragments provenant de l'abbaye de Saint-Denis. Pour la statue d'Héloïse, il se servit d'une figure de femme du XIIe siècle à laquelle il fit mettre le masque d'Héloïse ; seule, la statue d'Abélard serait authentique et proviendrait de son tombeau primitif, à Saint-Marcel-Lez-Chalon-sur-Saône. Le monument fut placé au Père-Lachaise en juin 1817.

113. Quai aux Fleurs, 9, se trouve une maison dite « d'Héloïse et d'Abélard ». Seules les petites têtes au-dessus des portes légitiment cette appellation.

114. L'église Saint-Eugène fut entièrement construite en fonte — dans le style gothique — en 1864.

115. *Combien y avait-il d'abonnés au téléphone, à Paris, au bout d'un an d'exploitation ?*

116. *Où se trouvait le premier central téléphonique à Paris ?*

117. *Qu'est-ce que les cinq dalles qui se trouvent au milieu de la chaussée, à l'entrée de la rue Croix-Faubin (11ᵉ) ?*

118. *Quelle est l'origine de la tour Clovis ?*

119. *Où mourut Saint-Simon le 10 mars 1755 ?*

120. *Quelle légende est attachée à la pharmacie fondée en 1715, qui se trouve 115, rue Saint-Honoré ?*

115. Il y avait 1 602 abonnés au téléphone à Paris en 1881, après un an d'exploitation.

116. Le premier central téléphonique à Paris se trouvait 27, avenue de l'Opéra.

117. Les cinq dalles que l'on peut voir à l'entrée de la rue Croix-Faubin, en face la prison de la Roquette, marquent l'emplacement où l'on dressait autrefois la guillotine.

118. La tour Clovis (dans l'enceinte du Lycée Henri IV) est le clocher de l'ancienne église Sainte-Geneviève, démolie de 1802 à 1807. Cette église remontait à la fin du IXe siècle et avait été plusieurs fois remaniée. La tour elle-même date du XIIe siècle.

119. L'hôtel dans lequel mourut Saint-Simon le 10 mars 1755, se trouvait à l'emplacement du numéro 102 de la rue de Grenelle.

120. Rue Saint-Honoré, 115, se trouve une pharmacie fondée en 1715. C'est là, dit-on, que Fersen achetait l'encre sympathique dont il se servait pour sa correspondance secrète avec Marie-Antoinette.

121. *D'où provient la croix du parvis de l'église Saint-Pierre de Montmartre ?*

122. *Où fut fondée l'Académie des Sciences ?*

123. *Quelle est l'origine du nom de la rue aux Ours ?*

124. *Quel rapport existe-t-il entre l'église Saint-Séverin et la république d'Haïti ?*

125. *D'où vient le nom de la rue du Roi-Doré (3ᵉ).*

126. *Où naquit Sully-Prudhomme, le 16 mars 1839 ?*

121. La croix du parvis de l'église Saint-Pierre de Montmartre provient de l'ancien cimetière de la Chapelle, 29, rue Marcadet, fermé en 1810. Elle date de 1761.

122. L'Académie des Sciences fut fondée en 1659, en l'hôtel de Montmor, encore existant, 79, rue du Temple.

123. Le nom de la rue aux Ours est une déformation du nom ancien (XIIIe siècle), la rue aux Oues, c'est-à-dire aux Oies ; c'était une rue de rôtisseurs.

124. Dans l'église Saint-Séverin est enterré Bertrand Ogeron, mort rue des Mâcons-Sorbonne, « qui, de 1664 à 1675, jeta les fondements d'une société civile et religieuse au milieu des flibustiers et boucaniers des îles de la Tortue et de Saint-Dominique » et prépara ainsi, « par les voies mystérieuses de la Providence, les destinées de la république d'Haïti ».

125. La rue du Roi-Doré tient son nom d'un buste doré de Louis XIII formant enseigne.

126. Sully-Prudhomme naquit le 16 mars 1839, 34 faubourg Poissonnière.

127. *Quelle voie de Paris s'est appelée au XVIIᵉ siècle cul-de-sac du Ha ! Ha ! ?*

128. *De quelle époque date l'église russe de la rue Daru ?*

129. *Où fut installé à Paris le premier télégraphe aérien ?*

130. *D'où vient le nom du quartier des Ternes ?*

131. *Qu'appelle-t-on « carré des Champs-Élysées » ?*

132. *Où se trouve la fontaine de la Reine ?*

127. L'impasse Guéménée (4ᵉ) s'appelait au XVIIᵉ siècle le Cul-de-Sac du Ha ! Ha !

128. L'église russe de la rue Daru fut commencée le 19 février 1859 et consacrée le 30 août 1861.

129. Le premier télégraphe aérien fut installé en 1793 par son inventeur, Claude Chappe, au sommet d'une tour, construite à cet effet sur les voûtes de l'abside de l'église Saint-Pierre de Montmartre.

130. Le nom du quartier des Ternes remonte au XIVᵉ siècle ; à cette époque, une ferme est connue sous le nom de ferme d'Esterne, à l'emplacement actuel de l'Arc de Triomphe. On pense que ce nom vient de *terra externa*, la terre la plus éloignée de Paris par rapport au village voisin.

131. Le « carré des Champs-Élysées » est le nom officiel des jardins situés entre la place de la Concorde, l'avenue Gabriel, le rond-point des Champs-Élysées et le Cours-la-Reine.

132. La fontaine de la Reine se trouve 142, rue Saint-Denis. Elle remonte peut-être à Philippe-Auguste ; elle fut refaite en 1642 et en 1732.

133. *Quel est le boulevard qui n'a que 6 mètres de large et que seule une grille sépare d'un autre boulevard ?*

134. *Quelles sources d'eaux minérales ont-elles été découvertes dans le 17e arrondissement ?*

135. *Où mourut Stendhal, le 23 mars 1842 ?*

136. *D'où vient le nom de la rue du Bourg-Tibourg ?*

137. *De quelle époque date l'hôpital Saint-Louis ?*

138. *Où se trouve la statue de Pascal par Cavelier et quelle découverte scientifique rappelle le lieu où on l'a placée ?*

133. Le boulevard Marbeau (16e) n'a que 6 mètres de large et se termine en impasse. Les numéros pairs commencent au n° 30 et finissent au n° 38 ; les numéros impairs sont représentés par la grille qui le sépare du boulevard de l'Amiral-Bruix.

134. Des sources d'eaux minérales analogues à celles d'Enghien existèrent autrefois rue Demours (n° 21) et rue Sauffroy (n° 11). Elles ont également disparu.

135. C'est devant le 43 boulevard des Capucines, alors ministère des Affaires étrangères, que Stendhal tomba frappé d'une apoplexie, le 22 mars 1842. Il mourut le lendemain à l'Hôtel de Nantes, 78, rue Neuve-des-Petits-Champs (rue des Petits-Champs actuelle).

136. Le Bourg-Tibourg (dont une rue du 4e arrondissement porte encore le nom), ou plus exactement le bourg de Tibaud-le-Riche, était un faubourg de Paris qui fut annexé à la capitale du fait de la construction de l'enceinte de Philippe-Auguste.

137. L'hôpital Saint-Louis fut fondé en 1607 par Henri IV ; il était destiné aux pestiférés.

138. La statue de Pascal par Cavelier a été placée sous la clé de voûte, au rez-de-chaussée de la tour Saint-Jacques. C'est là qu'en 1648, Pascal se livra aux expériences confirmant celle de Torricelli sur la pesanteur de l'air.

139. *En dehors de la fontaine des Innocents, quelle autre fontaine décorée par Jean Goujon peut-on voir dans le 1ᵉʳ arrondissement ?*

140. *D'où vient le nom de Pré-Catelan ?*

141. *Où est mort Debussy, le 26 mars 1918 ?*

142. *Quelles sont les armes de la ville de Paris ?*

143. *De quelle époque date la flèche de Notre-Dame ?*

144. *Où est mort, le 27 mars 1827, le duc de la Rochefoucauld et Liancourt, fondateur des Écoles nationales d'Arts et Métiers ?*

139. Au coin de la rue Saint-Honoré et de la rue de l'Arbre-Sec se trouve la fontaine du Trahoir (XVIᵉ siècle), décorée par Jean Goujon.

140. Catelan était le garde des chasses sous Louis XV. D'où le nom de la Croix (et du Pré) Catelan. La légende qui fait de ce Catelan un troubadour du Moyen Âge est également une invention romantique.

141. Debussy est mort, 24, square du Bois-de-Boulogne, le 26 mars 1918. Un monument lui a été élevé non loin de là dans le square qui porte son nom.

142. Les armes de la ville de Paris sont, en termes de blason : « De gueules au navire équipé d'argent voguant sur des ondes de même, au chef cousu d'azur, à un semé de fleurs de lis d'or qui est de France ancien. »

143. La flèche de Notre-Dame est l'œuvre de Viollet-le-Duc, chargé des travaux de restauration de la cathédrale. Elle fut terminée en 1860.

144. Le duc de La Rochefoucauld et Liancourt, fondateur des Écoles nationales d'Arts et Métiers, est mort dans l'hôtel situé 9, rue Royale, le 27 mars 1827.

145. *À quelle époque a-t-on systématiquement mis leur nom au coin des rues ?*

146. *D'où vient le nom de la rue de Courcelles ?*

147. *Où se trouve la Fontaine de la Paix ?*

148. *Avec quels matériaux fut terminée la construction du pont de la Concorde ?*

149. *Où habita Lénine lors de son séjour à Paris de 1908 à 1910 ?*

150. *Où est mort Mirabeau, le 2 avril 1791 ?*

145. C'est en 1728 qu'au coin des rues fut systématiquement apposé leur nom.

146. La rue de Courcelles menait au hameau de Courcelles, qui forme maintenant la partie ouest de Levallois-Perret.

147. La fontaine que l'on a placée dans l'allée du Séminaire fut érigée en 1724 sur la place Saint-Sulpice. En 1802, elle fut transformée et consacrée alors à la Paix (le traité d'Amiens avec l'Angleterre venait d'être signé). On la transféra alors au centre du marché Saint-Germain. Elle occupe sa place actuelle depuis 1935.

148. Le pont de la Concorde, commencé en 1787, fut terminé avec les pierres provenant de la démolition de la Bastille.

149. Lorsque Lénine arriva à Paris en 1908, il habita d'abord l'hôtel des Gobelins, boulevard Saint-Marcel. Il demeura ensuite, 20, rue Beaunier, puis, 4, rue Marie-Rose (au deuxième étage), où il resta jusqu'en 1910.

150. Mirabeau est mort, le 2 avril 1791, dans la maison qui porte actuellement le numéro 42 de la rue de la Chaussée-d'Antin.

151.   *Où se trouve l'emplacement du hameau de Chantilly, bal-glacier très fréquenté sous le Directoire ?*

152.   *Quel est l'hôtel dont Murat fit don à l'empereur lorsqu'il devint roi de Naples ?*

153.   *Quelle est la statue de Paris située très exactement face au nord sur le méridien de l'Observatoire ?*

154.   *Où se trouvent les mires (encore existantes) qui servirent à déterminer ce méridien ?*

155.   *D'où vient le nom de la rue Dieu (10ᵉ) et du passage Dieu (20ᵉ) ?*

156.   *D'où vient le nom de l'impasse Satan (20ᵉ) ?*

151. Devenu propriété de la duchesse de Bourbon (mère du duc d'Enghien), l'Élysée-Bourbon, confisqué comme bien national, devint en 1797 un bal-glacier avec « parc d'attractions » dénommé le « Hameau de Chantilly ».

152. L'Élysée fut acquis par Murat en 1805 ; celui-ci en fit don à l'empereur lorsqu'il devint roi de Naples, en 1808.

153. La statue de Leverrier, dans les jardins de l'Observatoire, se trouve exactement face au nord sur l'ancien méridien 0 de l'Observatoire, coupé exactement en deux par cette ligne idéale.

154. On peut voir une mire qui servit à l'établissement de la ligne méridienne de l'Observatoire dans les jardins du Moulin de la Galette ; elle date de 1786. Une autre plus récente (1806) se trouve dans le parc de Montsouris, près du boulevard Jordan.

155. La rue Dieu (10ᵉ) porte le nom d'un général mort en 1859 ; le passage Dieu (20ᵉ), celui d'un propriétaire.

156. C'est en raison de ce voisinage que l'on donna le nom d'impasse Satan à une impasse de la rue des Vignoles (20ᵉ).

157.   *Où est né Émile Zola, le 2 avril 1840 ?*

158.   *Où eurent lieu les premiers essais d'éclairage électrique à Paris ?*

159.   *Quel est le pont dont la première pierre a été posée par un souverain étranger ?*

160.   *Où se trouve l'emplacement du cabaret de la mère Saguet, « découvert » par Victor Hugo et lieu de réunion favori des romantiques ?*

161.   *Quel est l'immeuble de Paris qui appartient aux évêques catholiques d'Angleterre ?*

162.   *Où se trouve l'emplacement de l'hôtel d'Alègre, où naquit Baudelaire, le 9 avril 1821 ?*

157. Émile Zola est né au 10 de la rue Saint-Joseph (2ᵉ), le 2 avril 1840.

158. Les premiers essais d'éclairage électrique à Paris eurent lieu en décembre 1844, place de la Concorde, puis en juillet 1848 au Louvre. En 1861, une lampe fut placée au-dessus de la porte d'entrée du Palais-Royal, remplaçant tous les becs de gaz de la place. Mais ce n'est qu'en 1878 que l'éclairage électrique, grâce aux bougies Jablochkoff, commença à se généraliser.

159. La première pierre du pont Alexandre III fut posée par Nicolas II, en 1896.

160. L'hôpital de l'Association Léopold-Bellan, 7, rue du Texel (14ᵉ), occupe l'emplacement du cabaret de la mère Saguet, célèbre à l'époque romantique.

161. L'immeuble occupé par la *Schola Cantorum*, 269, rue Saint-Jacques, appartient aux évêques catholiques d'Angleterre.

162. Baudelaire est né le 9 avril 1821 dans l'hôtel d'Alègre, démoli lors du percement du boulevard Saint-Germain. (Voir l'inscription commémorative, 15, rue Hautefeuille.)

163. *D'où vient le nom de la rue Bergère ?*

164. *Où se trouve l'emplacement de la ferme de la Grange-Batelière ?*

165. *Où peut-on lire une inscription rappelant le bombardement de Paris le 11 avril 1918 ?*

166. *Quels sont les deux échevins du XVIIIᵉ siècle qui ont donné leur nom à des rues du 9ᵉ arrondissement ?*

167. *D'où vient le nom de la rue Cadet ?*

168. *Où est mort Bossuet, le 12 avril 1704 ?*

163. La rue Bergère doit son nom à la famille Berger qui, du XVIe au XVIIIe siècle, posséda les terrains avoisinants.

164. La ferme de la Grange-Batelière, qui, au XIIIe siècle, appartenait aux chanoines de Sainte-Opportune, occupait l'emplacement du 9 de la rue Drouot, c'est-à-dire de l'actuel Hôtel des Ventes.

165. C'est le 11 avril 1918 que tomba sur la Maternité un obus allemand qui fit vingt victimes. Une inscription à l'entrée, boulevard de Port-Royal, en rappelle le souvenir.

166. Richer et Buffault, qui ont donné leur nom à deux rues du 9e arrondissement, étaient deux échevins de Paris au XVIIIe siècle. La rue Richer fut ainsi nommée en 1792 et la rue Buffault en 1777.

167. La rue Cadet tient son nom du clos des Cadet, famille des jardiniers qui exploitèrent ce terrain du XVIe au XVIIIe siècle.

168. Bossuet est mort le 12 avril 1704 dans la maison qui porte maintenant le numéro 45 de la rue Sainte-Anne.

169. *Quel est le premier monument de Paris dont toute la structure intérieure ait été faite en fer ?*

170. *Quel est le premier immeuble de Paris qui ait été construit en béton armé ?*

171. *Combien y avait-il d'églises dans l'île de la Cité au moment de la Révolution ?*

172. *Où mourut La Fontaine le 13 avril 1695 ?*

173. *Qu'est-ce que l'énigmatique monument qui se trouve place Georges-Mulot, au carrefour des rues Bouchut et Valentin-Haüy ?*

174. *Où peut-on voir, dans le 14ᵉ arrondissement, un moulin à vent du XVIᵉ siècle ?*

169. Le premier monument de Paris dont toute la structure intérieure ait été faite en fer est la Bibliothèque Sainte-Geneviève, construite par Labrouste de 1843 à 1850.

170. Le premier immeuble construit entièrement en béton armé fut édifié en 1899 par Hennebique, 1, rue Danton.

171. Au moment de la Révolution, il y avait 17 églises dans l'île de la Cité.

172. La Fontaine mourut le 13 avril 1695 dans l'Hôtel d'Hervart, rue Plâtrière — à l'emplacement de la partie Est de l'Hôtel des Postes, rue Jean-Jacques-Rousseau.

173. Le petit monument de la place Georges-Mulot (15e) marque l'emplacement exact du puits artésien de Grenelle. Il fut élevé en 1907. La colonne, purement décorative, qui se trouvait avenue de Breteuil fut supprimée en 1903 et remplacée par le monument de Pasteur.

174. Dans l'enceinte du cimetière Montparnasse se trouve la tour d'un moulin qui dépendait du monastère fondé au XVIe siècle par Catherine de Médicis pour les frères de la Miséricorde. Il fut connu sous les noms de Moulin de la Charité, de Moulin Moliniste (le moulin «janséniste» ou des Trois-Cornets a disparu) et de Moulin des Douleurs.

175. *Où est né Anatole France, le 16 avril 1844 ?*

176. *Où est inhumé Pasteur ?*

177. *Quel est l'événement qui, le 27 février 1841, attira plus de 300 000 Parisiens du côté de Grenelle ?*

178. *Quel est le puits artésien le plus profond de Paris ?*

179. *Quel est celui dont les travaux de percement durèrent le plus longtemps ?*

180. *Quelles furent les communes annexées à Paris en 1860 ?*

175. Anatole France est né le 16 avril 1844, 19, quai Malaquais.

176. Pasteur est inhumé à l'Institut Pasteur, 15, rue Dutot.

177. Le 27 février 1841, après huit ans de travaux, l'eau jaillit dans le puits artésien de Grenelle, d'une profondeur de 518 mètres. Plus de 300 000 Parisiens se précipitèrent aussitôt pour voir cette curiosité.

178. Le puits artésien le plus profond de Paris est celui de la place Hébert dont la profondeur atteint 718 mètres.

179. Le puits artésien de la Butte-aux-Cailles (582 mètres), commencé le 14 juillet 1863, ne fut terminé que le 17 mars 1904. Les travaux du puits de la place Hébert avaient duré 24 ans et ceux du puits de Passy (686 mètres), 26 ans.

180. En 1860, les limites de Paris furent fixées aux fortifications construites sous Louis-Philippe. Quatre communes furent annexées en totalité (La Villette, Belleville, Vaugirard et Grenelle) et sept en majeure partie (Auteuil, Passy, Batignolles-Monceau, Montmartre, La Chapelle, Charonne et Bercy) ; enfin treize communes durent abandonner une partie de leur territoire (Neuilly, Clichy, Saint-Ouen, Aubervilliers, Pantin, Pré-Saint-Gervais, Saint-Mandé, Bagnolet, Ivry, Gentilly, Montrouge, Vanves et Issy).

181. *Où mourut Racine le 21 avril 1699 ?*

182. *À quelle époque eurent lieu les premières distributions d'eau à domicile à Paris ?*

183. *Où se trouvaient les réservoirs qui alimentaient les conduites d'adduction ?*

184. *Où est né Michelet, le 22 avril 1798 ?*

185. *Quelle est l'origine du « Ranelagh » ?*

186. *D'où vient le nom de la rue de la Glacière ?*

181. La maison où mourut Racine, le 21 avril 1699, occupait l'emplacement du 24 de la rue Visconti (6ᵉ) ; c'était alors la rue des Marais.

182. C'est le 14 juillet 1782 que fut inaugurée la première distribution d'eau à domicile à Paris. L'eau était prise dans la Seine grâce aux deux pompes à feu de Chaillot, l'«Augustine» et la «Constantine», nommées ainsi d'après les prénoms respectifs des deux frères Périer, qui mirent au point l'entreprise.

183. Les réservoirs occupaient l'emplacement actuel de la place des États-Unis.

184. La maison où naquit Michelet, le 22 avril 1798, a été démolie. Un médaillon de l'historien, 224, rue Saint-Denis, en indique l'emplacement ; elle se trouvait, 14, rue de Tracy (c'était l'ancienne église, désaffectée, des Dames de Saint-Chaumond).

185. Le Ranelagh était un bal public, créé en 1774, sur le modèle de celui qui avait été ouvert à Chelsea sur les terrains appartenant à lord Ranelagh. Il disparut vers 1870.

186. La rue de la Glacière menait au hameau du Petit-Gentilly, dit hameau de la Glacière à cause d'une fabrique de glace artificielle, créée en 1790.

187. *Quelle est la fontaine de Paris qui fut élevée par souscription publique ?*

188. *Où peut-on voir le premier immeuble avec une façade en céramique ?*

189. *Où peut-on voir un immeuble « modern'style » dont l'architecture « rappelle la gloire du sapin neigeux » ?*

190. *D'où vient le nom de la rue Saint-Charles ?*

191. *Quelle est l'étymologie de Batignolles ?*

192. *De quelle fontaine de Paris Turgot posa-t-il la première pierre ?*

187. La fontaine Molière fut élevée, en 1841, à la suite d'une souscription publique. Elle remplaça l'ancienne fontaine de l'Échaudé, qui datait de 1671.

188. L'immeuble, 9, rue Claude-Chahu, est le premier dont la façade ait été revêtue de grès cérame (1903). Cette matière était très appréciée à l'époque et, l'année suivante, Lavirotte construisit le Céramic-Hôtel de l'avenue de Wagram (n° 34).

189. L'immeuble, 40, cours Albert-1er, construit sur les plans de R. Lalique, est un des plus remarquables exemples de « modern' style » à Paris. (Voir notamment la porte.)

190. La rue Saint-Charles fut ainsi nommée lors de son ouverture en 1824 du prénom du roi alors régnant, Charles X.

191. Batignolles est une déformation de « batillole », diminutif de « batel », qui désignait la partie du moulin par où tombe la farine. Il y avait encore plusieurs moulins aux Batignolles au XVIIIe siècle.

192. Turgot, en 1739, posa la première pierre de la fameuse fontaine de Bouchardon, rue de Grenelle (alors rue de Grenelle-Saint-Germain). Elle ne fut terminée que six ans plus tard.

193. *Quelle est l'avenue de Paris qui fut tracée par Le Nôtre ?*

194. *D'où vient le nom de la rue du Puits-de-l'Ermite ?*

195. *Où se trouve l'emplacement de la maison du Grand Coq et pour quelles raisons cette maison fut-elle célèbre ?*

196. *D'où vient le nom des Carrières d'Amérique ?*

197. *Où mourut Alfred de Musset, le 2 mai 1857 ?*

198. *Que présente de remarquable le couloir du 26 de la rue Chanoinesse (dans l'île de la Cité) ?*

193. L'avenue des Champs-Élysées fut tracée de 1667 à 1670 d'après les plans de Le Nôtre, ainsi que le rond-point, qui ne fut aménagé qu'en 1815. L'avenue fut prolongée jusqu'à la butte de l'Étoile en 1724 par le duc d'Antin et jusqu'à la porte de Neuilly en 1772 par le marquis de Marigny.

194. La rue du Puits-de-l'Ermite (5e) tient son nom d'un puits foré au XVIIIe siècle par un tanneur nommé Adam l'Hermite.

195. L'emplacement de la maison du Grand-Coq se trouve 8, quai du Marché-Neuf. C'est là que Théophraste Renaudot créa, en 1631, le premier journal français, la *Gazette de France*.

196. L'origine du nom donné aux Carrières d'Amérique (d'où le quartier «Amérique» dans le 19e) a été longtemps une énigme. Il semble que ce nom leur ait été donné du fait qu'une partie des pierres qui en étaient extraites étaient envoyées en Amérique.

197. Alfred de Musset mourut, le 2 mai 1857, dans la maison qui porte maintenant le numéro 6 de la rue du Mont-Thabor (1er).

198. Le couloir du 26 de la rue Chanoinesse est dallé avec d'anciennes pierres tombales.

199. *Y a-t-il un rapport entre l'eau de Javel et le quai du même nom ?*

200. *D'où vient le nom de la rue Censier ?*

201. *Combien de temps dura la construction de l'Arc de Triomphe de l'Étoile ?*

202. *Quelles sommes furent nécessaires pour mener à bien cette construction ?*

203. *Quelle plaque commémorative à Paris rappelle le souvenir de l'éruption du Mont-Pelé à la Martinique (8 mai 1902) ?*

204. *Où se trouve le jardin de l'Infante ?*

199. Oui. C'est, en effet, quai de Javel que furent installées, en 1777, les usines fabriquant ledit produit.

200. L'origine du nom de la rue Censier est assez obscure : pour les uns, il viendrait du fait que la rue était autrefois une impasse et par conséquent « sous-chief » ; pour les autres, la rue aurait été ainsi nommée parce qu'un percepteur du cens y avait sa résidence.

201. La construction de l'Arc de Triomphe, commencée en 1806, fut interrompue par la mort de Chalgrin en 1811. Les travaux ne reprirent qu'en 1823 et ne furent terminés que treize ans plus tard. Louis-Philippe inaugura solennellement l'Arc de Triomphe le 29 juillet 1836.

202. Finalement, la construction de l'Arc de Triomphe revint à près de dix millions de francs-or.

203. Avenue Frochot, 13, est apposée une plaque commémorative sur l'atelier du peintre Merwart, qui périt lors de l'éruption du Mont-Pelé, à la Martinique (8 mai 1902).

204. Le Jardin de l'Infante est le nom donné aux pelouses qui entourent la partie est du Louvre.

205. *Où mourut Huysmans, le 12 mai 1907 ?*

206. *Où se trouve l'hôtel de Transylvanie où le che-*
   valier des Grieux « hâtait » les progrès de sa
   fortune par une « adresse extraordinaire » au
   *pharaon ? (*Manon Lescaut*)*

207. *Où se trouve la tombe du physicien Rumford,*
   qui fut démolie par un obus en 1871 et restau-
   rée par l'Université de Harvard ?

208. *Où se trouvait autrefois la rue Rumford et quel*
   est le poète romantique célèbre qui y habita ?

209. *Qu'est-ce que le vieux mur qui sépare le 22 du*
   20 de la rue Pavée ?

210. *Où a été assassiné Henri IV, le 14 mai 1610 ?*

205. Huysmans mourut, 31, rue Saint-Placide, le 12 mai 1907.

206. L'hôtel de Transylvanie, construit de 1622 à 1628, dans le plus pur style Louis XIII, se trouve au coin de la rue Bonaparte et du quai Malaquais. Au XVIIIe siècle, c'était devenu un tripot et c'est là que l'abbé Prévost, dans *Manon Lescaut*, place les «exploits» au pharaon du chevalier des Grieux.

207. La tombe du physicien américain Rumford se trouve au cimetière d'Auteuil. Démolie par un obus en 1871, elle fut restaurée par l'Université de Harvard.

208. La rue Rumford disparut lors du percement du boulevard Malesherbes. Vers 1850, Alfred de Musset habitait au 11 (l'emplacement s'en trouverait au milieu de la chaussée du boulevard, entre le 42 et le 43).

209. Le mur vermiculé qui sépare l'hôtel de Lamoignon du 20 de la rue Pavée est un reste de l'ancienne prison de la Petite-Force (pour les «femmes de mauvaise vie»), prison démolie en 1848.

210. Henri IV fut assassiné le 14 mai 1610 devant le 11 de la rue de la Ferronnerie. La maison actuelle date de Louis XIV.

211. *Quelle est la rue qui change de nom du côté des numéros pairs tandis qu'elle poursuit son cours du côté impair pendant encore plus de 38 numéros ?*

212. *Où est mort Voltaire, le 30 mai 1778 ?*

213. *D'où vient le nom de la rue Jacob ?*

214. *Où est mort Beaumarchais, le 18 mai 1790 ?*

215. *Dans quel hôtel, encore existant, a-t-il écrit le* Mariage de Figaro *?*

216. *De quel sculpteur est le globe de la fontaine de l'Observatoire ?*

211. Du côté pair, la rue Saint-Antoine s'arrête au n° 100 et devient alors rue de Rivoli alors que du côté impair elle continue à garder son nom jusqu'au n° 137 qui se trouve ainsi en face du 12 de la rue de Rivoli.

212. Voltaire mourut le 30 mai 1778, quai Voltaire, 29.

213. Le nom de la rue Jacob vient d'une fondation religieuse de la reine Marguerite, lors de la Ligue. La reine Margot promit à Dieu le dixième de ses biens (comme Jacob dans la Bible) si elle rentrait « en sa terre », c'est-à-dire le Pré-aux-Clercs.

214. Beaumarchais est mort le 18 mai 1790, dans l'hôtel qu'il s'était fait construire près de la Bastille et dont l'emplacement se trouve au numéro 2 du boulevard Beaumarchais.

215. De 1776 à 1788, Beaumarchais habita l'hôtel des Ambassadeurs de Hollande, 17, rue Vieille-du-Temple. C'est là qu'il écrivit le *Mariage de Figaro*. L'hôtel, qui remonte au XIVe siècle, a été entièrement reconstruit en 1638.

216. Le globe terrestre orné des douze signes du Zodiaque que supporte le groupe de Carpeaux de la fontaine de l'Observatoire est d'un sculpteur différent : Eugène Legrain. Nous ignorons les raisons qui présidèrent à cette division du travail.

217. *De quelle époque date l'allée des Cygnes ?*

218. *Où est mort La Fayette, le 20 mai 1834 ?*

219. *Où est né Gérard de Nerval, le 22 mai 1808 ?*

220. *Où se trouve l'endroit exact où il se suicida ?*

221. *Quel est l'hôtel du XVIIIe siècle dont la construction (pour Louis-Joseph de Bourbon, prince de Condé), revint à plus de 20 millions de francs ?*

222. *Où fut installée l'École Polytechnique lors de sa fondation ?*

217. L'allée des Cygnes (ou môle de Grenelle), qu'il ne faut pas confondre avec l'ancienne île des Cygnes, en face de Chaillot, a été créée en 1825.

218. La Fayette est mort le 20 mai 1834 en l'hôtel Mazin, 8, rue d'Anjou, hôtel construit en 1726. (Le docteur Magendie, qui démontra la différence entre les nerfs sensitifs et les nerfs moteurs, est également mort dans cette maison, en 1855.)

219. Gérard de Nerval est né 96 (maintenant 168) rue Saint-Martin, le 22 mai 1808.

220. Il se suicida dans la nuit du 25 au 26 janvier 1855, rue de la Vieille-Lanterne, à l'emplacement exact de la scène du théâtre Sarah-Bernhardt.

221. Le Palais Bourbon fut formé de la réunion d'un hôtel de Bourbon construit vers 1772 et d'un hôtel de Lassay. Les travaux, entrepris par Louis-Joseph de Bourbon, prince de Condé, durèrent plus de vingt ans et revinrent à plus de 20 millions.

222. Confisqué en 1790, c'est dans le Palais Bourbon, devenu Maison de la Révolution, que fut installée, en 1794, la nouvelle École Polytechnique.

223. *À quelle époque fut construite la façade de la Chambre des Députés ?*

224. *Qui étaient Castex, Morland et Valhubert, qui ont donné leur nom l'un à une rue (4ᵉ), le second à un boulevard (4ᵉ) et le dernier à une place (5ᵉ) ?*

225. *Où se trouve le « Mur des Fédérés » ?*

226. *Quel est le premier gouvernement étranger qui ait fait construire à Paris l'hôtel de son ambassade ?*

227. *De quelle époque datent les statues et le bas-relief représentant Léda qui ornent la fontaine Médicis ?*

228. *Où est mort le peintre Pierre Mignard, le 30 mai 1695 ?*

223. Le conseil des Cinq Cents, puis le Corps Législatif tinrent ensuite leurs séances au Palais Bourbon. La façade actuelle fut construite en 1804 par Payet.

224. Castex, Morland et Valhubert, qui ont respectivement donné leur nom à une rue (4e), à un boulevard (4e) et à une place (5e et 13e), sont trois officiers supérieurs qui furent tués à la bataille d'Austerlitz en 1805.

225. Le Mur des Fédérés, contre lequel, le 28 mai 1871, les «Versaillais» fusillèrent 147 «communards» se trouve au Père-Lachaise, le long de la 97e division.

226. Le premier gouvernement qui ait fait construire à Paris un hôtel spécialement pour abriter son ambassade fut le Siam. L'hôtel en question, 14, avenue d'Eylau, fut terminé en 1900.

227. Les statues qui ornent la fontaine Médicis datent du Second Empire; le bas-relief qui représente Léda, de 1807. Cette fontaine est un édifice composite, édifié en 1864 et formé d'une fontaine élevée en 1620 dans les jardins du Luxembourg et d'une autre qui se trouvait, rue de Vaugirard, au coin de la rue du Regard et que le percement de la rue de Rennes fit disparaître.

228. Une plaque commémorative a été apposée sur la maison où mourut le peintre Pierre Mignard, le 30 mai 1695. Elle se trouve, 23, rue Richelieu.

229. *De quelle époque date le Jardin d'Acclimatation ?*

230. *Quelle fontaine marque l'emplacement de la maison où mourut Boileau ?*

231. *Qu'est-ce que la tourelle que l'on peut voir au 8 de la rue Saint-Paul ?*

232. *Où se trouve l'ancien cimetière de la commune de Boulogne-sur-Seine ?*

233. *Où est mort Littré, le 2 juin 1881 ?*

234. *Combien y avait-il d'îles dans la Seine à la fin du XVIᵉ siècle ?*

229. Le Jardin d'Acclimatation fut ouvert au public le 9 octobre 1860.

230. La fontaine de l'Archevêché, dans l'île de la Cité, se trouve à l'emplacement de la maison où mourut Boileau le 13 mars 1711.

231. L'hôtel des Lions fut loti en 1544 ; il occupait l'emplacement du 8 de la rue Saint-Paul. La maison à tourelle qui porte maintenant ce numéro remonte au XVIe siècle.

232. Le vieux cimetière de Boulogne-sur-Seine se trouve en plein Bois de Boulogne, le long de la route de Sèvres à Puteaux. Ouvert en 1810, il fut abandonné en 1859.

233. Littré est mort, 44, rue d'Assas, le 2 juin 1881.

234. À la fin du XVIe siècle, il y avait dix îles, dans la Seine, à Paris : l'île aux Javiaux ou Louviers (réunie en 1847 au quai, puis boulevard Morland) ; l'île Notre-Dame et l'île aux Vaches qui, au début du XVIIe siècle, ont formé l'île Saint-Louis ; l'île de la Cité qui, sous Henri IV, s'annexera l'île aux Juifs et l'île à la Gourdaine ; l'île du Louvre, qui disparut lors de la création du port Saint-Nicolas ; l'île aux Treilles et l'île de Seine, entre le pont des Tuileries et le pont des Invalides, réunies à la rive gauche vers 1650 ; enfin, l'île du Gros-Caillou ou des Cygnes.

235. *D'où vient le nom de la rue de la Jussienne ?*

236. *La rue Vivienne et la rue Saint-Marc tirent leur nom d'une même origine. Quelle est-elle ?*

237. *Qui était Dussoubs qui a donné son nom à une rue du 3ᵉ arrondissement ?*

238. *D'où vient le nom de la rue des Jeûneurs ?*

239. *Quel est le plus vieux pont de Paris ?*

240. *Depuis quelle époque les bouquinistes sont-ils établis sur les quais ?*

235. Le nom de la rue de la Jussienne est une corruption de Sainte-Marie-l'Égyptienne ; une chapelle qui lui était consacrée se trouvait au coin de cette rue et de la rue Montmartre ; construite au XIIIe siècle, elle fut démolie en 1791.

236. Les rues Vivienne et Saint-Marc ont été ouvertes au XVIIe siècle sur des terrains appartenant à la famille Vivien de Saint-Marc. La rue Vivien eut son nom féminisé au XVIIIe siècle et devint la rue Vivienne ; la rue Saint-Marc a conservé intacte la seconde moitié du nom.

237. Dussoubs était un député qui fut tué rue Montorgueil lors du coup d'État du 2 décembre 1851.

238. La rue des Jeûneurs s'est tout d'abord appelée rue des Jeux-Neufs, à cause de deux jeux de boules que l'on venait d'y installer.

239. Le plus vieux pont de Paris est le Pont-Neuf. La première pierre en fut posée par Henri III en 1578, mais il ne fut terminé que sous Henri IV.

240. C'est là que s'établirent d'abord les bouquinistes. Ils en furent chassés en 1650 et vinrent alors s'installer le long des quais, notamment du quai Conti.

241. *Quelle est la plus ancienne horloge publique de Paris ?*

242. *Où est mort le maréchal Bugeaud le 10 juin 1849 ?*

243. *D'où vient le nom de la rue des Favorites (15e) ?*

244. *Qui était Blondel, qui a donné son nom à une rue du 2e arrondissement ?*

245. *Où se trouve l'allée du Séminaire ?*

246. *Quels souvenirs historiques sont attachés à l'hôtel de la Colonnade, qui occupait l'emplacement du 43, boulevard des Capucines ?*

241. La plus ancienne horloge de Paris est celle du Palais de Justice, qui remonte à Charles V. Elle fut entièrement refaite en 1585 par Germain Pilon.

242. Le maréchal Bugeaud est mort, 1, quai Voltaire, le 10 juin 1849.

243. Dans la rue des Favorites (15e) se trouvait autrefois (vers 1838) un dépôt de voitures omnibus de ce nom.

244. Blondel est le nom de l'architecte qui construisit la porte Saint-Denis.

245. L'allée du Séminaire est le nom qui a été donné au square qui occupe le côté gauche de la rue Bonaparte, entre la place Saint-Sulpice et la rue de Vaugirard.

246. Au coin de la rue des Capucines et du boulevard, se trouvait autrefois l'hôtel dit des Colonnades (l'architecture de l'immeuble actuel rappelle cette particularité). Bonaparte y habita du 13 Vendémiaire au 9 mars 1796, jour de son mariage avec Joséphine. Le ministère des Affaires étrangères s'y installa en 1838. C'est devant cet hôtel que Stendhal tomba frappé d'apoplexie le 23 mars 1842. C'est également là qu'eut lieu, le 23 février 1848, une échauffourée entre le peuple et l'armée, qui déclencha la révolution.

247. *Quel est le lycée de Paris qui est installé dans un ancien couvent ?*

248. *Où se trouve l'emplacement du Théâtre du Marais où le « Cid » fut joué pour la première fois ?*

249. *D'où vient le nom de la rue Saint-Spire ?*

250. *À quelle époque disparut le dernier omnibus à chevaux ?*

251. *De quelle époque date la fontaine du Châtelet ?*

252. *Quand fut inauguré à Paris le premier tramway à vapeur, et quel était son itinéraire ?*

247. Le lycée Condorcet, rue Caumartin, occupe les bâtiments du noviciat des Capucins, construits par Brongniart de 1781 à 1783. (Ce lycée a changé sept fois de dénomination en un siècle : 1804, de la Chaussée-d'Antin ; 1804, Bonaparte ; 1815, Bourbon ; 1848, Bonaparte ; 1870, Condorcet ; 1874, Fontanes ; 1883, Condorcet.)

248. Le Théâtre du Marais occupait l'emplacement du 90 actuel de la rue Vieille-du-Temple.

249. Le nom de la rue Saint-Spire est une déformation de Saint-Exupère.

250. C'est le 13 janvier 1913 que le dernier omnibus à chevaux fit son dernier voyage, sur la ligne La Villette-Saint-Sulpice.

251. La fontaine de la Victoire ou du Palmier fut érigée en 1808, à la gloire de l'armée d'Égypte. Elle fut déplacée en 1858 et augmentée des sphinx et des vasques. Elle a été restaurée en 1899-1900.

252. C'est en 1889 que fut inaugurée la première ligne de tramway à vapeur, qui allait de la place de l'Étoile à Saint-Germain. (Un essai avait été fait antérieurement en 1876, mais la tentative n'avait pas eu de suite.)

253. *D'où vient le nom du quartier et de la rue Croulebarbe (13e) ?*

254. *En dehors de l'essai sur le Pont-Neuf qui n'eut pas de suite, quelle est la première rue de Paris qui fut dotée de trottoirs ?*

255. *D'où vient le nom de la rue des Francs-Bourgeois ?*

256. *Dans quelle église de Paris se trouve la plus grosse cloche de France ?*

257. *À quelle époque fut créé le premier « bar automatique », et où se trouvait-il ?*

258. *Où habitait le coutelier chez qui Charlotte Corday acheta l'arme qui lui servit à assassiner Marat ?*

253. En 1214, un Jean de Croulebarbe était propriétaire d'un fief dans cette région et d'un moulin
qui se trouvait à peu près à l'angle de la rue
Croulebarbe et de la rue Corvisart.

254. La rue de l'Odéon en 1781 ; puis la rue Le
Pelletier (1786), les rues de Hanovre et Port-
Mahon (1795).

255. Les francs-bourgeois étaient des pauvres
exempts de tous impôts, taxes et contributions.
Vers 1350, dans la rue des Viez-Poulies (nom
d'un jeu très répandu au Moyen-Âge), fut ins-
tituée une fondation charitable en faveur de 24
« pauvres bourgeois » — à la suite de quoi la
rue des Viez-Poulies devint la rue des Francs-
Bourgeois.

256. C'est en 1907 que fut installée à la Basilique
du Sacré-Cœur la plus grosse cloche de France,
la Savoyarde, offerte par le diocèse de Savoie
et pesant 17 735 kilos (la cloche du Kremlin
pesait 201 924 kilos).

257. À la fin du XVIIIe siècle, existait au 121 de la
Galerie de Valois, au Palais-Royal, un « café
Méchanique ».

258. À quelques pas de là, au 177, se trouvait la cou-
tellerie du sieur Badin chez qui Charlotte Corday acheta son arme.

259. *Qui était Villedo qui a donné son nom à une rue du 1ᵉʳ arrondissement ?*

260. *Où se trouve la maison où Bernardin de Saint-Pierre écrivit* Paul et Virginie *?*

261. *D'où vient le nom de la rue Frémicourt (15ᵉ) ?*

262. *À quelle époque furent supprimés les péages sur les ponts de Paris ?*

263. *Où se trouve l'emplacement de la première usine à gaz ?*

264. *Où peut-on voir l'hôtel où se trouvait le bureau de la poste aux lettres au XVIIᵉ siècle ?*

259. Villedo est le nom de l'entrepreneur qui rasa la butte des Moulins, tas de gravois et d'immondices, située à l'angle de la rue Sainte-Anne et de la rue des Petits-Champs, et qui «aménagea» le quartier.

260. Bernardin de Saint-Pierre habita 4, rue Rollin (alors rue Neuve-Saint-Étienne) de 1781 à 1786. C'est là qu'il écrivit *Paul et Virginie*.

261. Frémicourt est le nom du dernier fermier qui exploita la plaine de Grenelle, lotie en 1824.

262. Ce n'est qu'en 1847 que le péage fut supprimé sur tous les ponts de Paris. (Sur certains, il l'était déjà, mais sur d'autres, notamment sur la passerelle qui fut remplacée par le pont Louis-Philippe, il fallait en payer un assez élevé.)

263. La première usine à gaz de Paris (1819) était située à l'emplacement du 129 de la rue du Faubourg-Poissonnière.

264. 3, rue des Déchargeurs (1er) se trouve un hôtel du XVIIe siècle qui est l'ancien bureau de la poste aux lettres.

265. *Pourquoi un buste de Jean Goujon se trouve-t-il au fronton du 22 de la rue Monsieur-le-Prince ?*

266. *Dans quel parc parisien peut-on voir un fragment d'architecture provenant de la Basilique de Saint-Denis ?*

267. *D'où vient le nom du lac des Minimes dans le bois de Vincennes ?*

268. *Où se trouvait, avant la Révolution, le couvent principal des Frères Prêcheurs, dits Jacobins ?*

269. *Où mourut Chateaubriand le 4 juillet 1848 ?*

270. *Quelle rue du 8ᵉ arrondissement passait autrefois au-dessus d'une autre par un pont ?*

265. Une école de sculpture fut fondée là en 1821, ce qui explique la présence du buste de Jean Goujon.

266. Les colonnes de la Naumachie, dans le Parc Monceau, proviennent de la chapelle destinée à la sépulture des Valois dans la basilique de Saint-Denis. Construite en 1580, cette chapelle fut démolie en 1718.

267. Le lac des Minimes est à l'emplacement d'un couvent du XIIe siècle, occupé par l'ordre religieux des Minimes (ou Bonshommes) en 1585 et démoli après la Révolution.

268. Le couvent des Jacobins occupait l'emplacement du quadrilatère compris entre les rues Soufflot, Saint-Jacques, Cujas et le boulevard Saint-Michel. Fondé au XIIIe siècle, il fut fermé en 1790 et démoli de 1800 à 1849. (Le portail ne disparut qu'en 1866.)

269. Chateaubriand mourut 120, rue du Bac, dans une maison qu'il habitait depuis 1829.

270. La rue François-Ier passait autrefois au-dessus de la rue Marbeuf, qui n'était autre que l'ancien ruisseau de Ménilmontant qui allait se jeter dans la Seine, place de l'Alma. La rue Marbeuf, ainsi située en contre-bas, ne fut mise au niveau des autres rues de l'arrondissement que vers 1880.

271. *D'où vient le nom de la rue de Port-Mahon ?*

272. *Quelles sont les trois premières personnes qui passèrent sous l'Arc de Triomphe de l'Étoile ?*

273. *Quel homme célèbre a été enterré à Paris dans de la terre américaine ?*

274. *Quel est le boulevard où l'on passe du numéro 136 au numéro 202 ?*

275. *Depuis combien de temps la Seine n'a-t-elle pas été complètement gelée ?*

276. *Où se trouve l'emplacement de la porte par où les assaillants pénétrèrent dans la Bastille ?*

271. En 1795, on ouvrit une rue sur l'emplacement des jardins du duc de Richelieu, qui
avait conquis l'île de Minorque (capitale Port-
Mahon). D'où le nom de la rue.

272. Marie-Louise, le jour de son mariage, le
1er avril 1810 ; le duc d'Angoulême, en 1823,
après l'expédition d'Espagne ; le prince de
Joinville, le 15 décembre 1840, ramenant les
cendres de Napoléon. (Pour les deux premiers,
il est d'ailleurs inexact de dire qu'ils passèrent
sous l'Arc de Triomphe puisqu'il n'était pas
encore terminé.)

273. La Fayette a été enterré, dans de la terre américaine, au cimetière de Picpus.

274. Le tronçon du boulevard Raspail allant du
boulevard Montparnasse à la place Denfert-
Rochereau fut terminé avant que celui qui partait du boulevard Saint-Germain eût atteint le
boulevard Montparnasse. On commença donc
à numéroter les maisons à partir de 201 (côté
impair) et 202 (côté pair) ; mais le numérotage,
lorsque le premier tronçon fut fini, n'atteignit
que les numéros 147 et 136.

275. La Seine fut entièrement prise par la glace pour
la dernière fois en 1895.

276. 5, rue Saint-Antoine, une plaque a été apposée
à cet emplacement.

277. *Que sont devenus les vestiges des fondations de la Bastille (de la tour dite de la Liberté), qui furent découverts en 1899, lors des travaux de percement de la ligne 1 du métro ?*

278. *Où fut signé le traité par lequel la France reconnaissait l'indépendance des États-Unis ?*

279. *Où résida, de 1785 à 1789, Jefferson, alors ministre des États-Unis en France ?*

280. *D'où vient le nom de la rue du Sommerard ?*

281. *Où est mort Béranger le 16 juillet 1857 ?*

282. *À quelle époque fut consacrée la basilique du Sacré-Cœur ?*

277. Ils ont été transportés dans le square Henri-Galli (4ᵉ).

278. 4, place de la Concorde, sous les arcades, on peut lire l'inscription suivante : « En cet hôtel, le 6 février 1778, A. Conrad Gérard, au nom de Louis XVI, roi de France, Benjamin Franklin, Silas Deane, Arthur Lee, au nom des États-Unis d'Amérique, ont signé les traités d'amitié, de commerce et d'alliance par lesquels la France, avant toute autre nation, reconnaissait l'indépendance des États-Unis. »

279. Une plaque a été posée à cet emplacement, au coin de l'avenue des Champs-Élysées et de la rue de Berri.

280. Du Sommerard est le nom du collectionneur qui acquit l'hôtel de Cluny en 1833 et y installa ses collections. (L'État les acheta à sa mort en 1843, ainsi que l'hôtel et le palais des Thermes.)

281. Béranger est mort, 3, rue Béranger, à l'hôtel dit de Vendôme (construit en 1752). Il logeait au dernier étage.

282. La première pierre de la basilique du Sacré-Cœur fut posée le 16 juin 1875 ; mais les travaux ne commencèrent qu'un an plus tard. Inaugurée partiellement en 1886, la basilique ne fut consacrée que le 16 octobre 1919.

283. *Où habitait Law au moment de sa débâcle, le 17 juillet 1720 ?*

284. *Où et quand fut fondé le premier « cabaret artistique » ?*

285. *À quelle époque le café fit-il son apparition à Paris ?*

286. *Quels furent les premiers cafés de Paris ?*

287. *Quel est le premier café où l'on fit usage du percolateur ?*

288. *Quel est le pont qui fut inauguré 13 ans après avoir été terminé ?*

283. Law habita 23, place Vendôme de 1718 au 17 juillet 1720, jour de sa débâcle.

284. Le premier cabaret artistique (La Grande Pinte) fut fondé en 1878 par un certain Laplace, au coin de l'avenue Trudaine et de la rue des Martyrs.

285. Le premier « café » où l'on servit du café fut installé en 1643 dans un passage couvert qui allait de la rue Saint-Jacques au Petit-Pont. Il n'eut aucun succès.

286. Le café fit sa réapparition en 1672 à la foire Saint-Germain et l'Arménien Pascal s'installa quai de l'École (maintenant quai du Louvre). En 1675, un autre Arménien fonda un café rue de Buci ; la même année, l'Italien Francisco Procopio dei Coltelli s'installa rue de Tournon, puis vers 1690, rue des Fossés-Saint-Germain (maintenant rue de l'Ancienne-Comédie). Le café Procope, devenu restaurant, existe toujours.

287. Le percolateur fut employé pour la première fois vers 1858, au Café Génin, baraque en planches qui se trouvait rue Neuve-Vavin (maintenant rue Vavin).

288. Le pont de Tolbiac, commencé en 1879 et terminé en 1882, ne fut officiellement inauguré qu'en 1895.

289. *De quelle époque datent les premiers omnibus à Paris et quand disparurent-ils ?*

290. *D'où vient le nom de la rue Bois-le-Vent (16ᵉ) ?*

291. *Quel est le monument de Paris qui a été construit par un médecin ?*

292. *À quelle époque fut terminé le Nord-Sud (maintenant ligne 12) ?*

293. *D'où vient le nom de la rue Boissière (16ᵉ) ?*

294. *D'où vient le nom de la rue Coquillière ?*

289.   Les premiers omnibus à Paris furent les « car-
        rosses à cinq sols » dont l'invention est attri-
        buée à Pascal. Ils furent inaugurés le 18 mars
        1662. Leur succès fut d'abord très grand, mais
        leur vogue cessa bientôt et vers 1695 ils avaient
        disparu.

290.   L'ancienne orthographe de la rue Bois-le-Vent
        est rue du Bois-Levant, c'est-à-dire « du bois
        situé au Levant ».

291.   Claude Perrault, à qui l'on doit la colonnade du
        Louvre (1670), était médecin de profession ; ce
        furent là ses débuts en architecture.

292.   C'est en pleine guerre, le 23 août 1916, que fut
        ouverte au public la section du Nord-Sud allant
        de la place Jules-Joffrin à la porte de La Cha-
        pelle. (Le 1er juillet on avait remis en service le
        tronçon de la ligne 7, Opéra-Palais-Royal.)

293.   L'ancien nom de la rue Boissière est rue de la
        Croix-Boissière (on appelait croix boissière,
        boissée ou bouissée une croix ornée de buis).

294.   Comme la rue Vivienne, la rue Coquillière
        porte le nom féminisé de son premier proprié-
        taire, Pierre Coquillier.

295. *Dans quelle église peut-on voir un obélisque de marbre blanc haut de 18 mètres et situé exactement sur le méridien de Paris ?*

296. *Quel est le premier immeuble moderne qui ait été construit avec un jardin-terrasse au lieu de toit ?*

297. *Quel est le premier immeuble qui ait été construit uniquement pour recevoir des bureaux ?*

298. *Où est né Alexandre Dumas fils, le 27 juillet 1824 ?*

299. *Où se trouvait l'auberge des mousquetaires où logea d'Artagnan ?*

300. *Où sont enterrés les combattants de la Révolution de juillet 1830 ?*

295. Cet obélisque, destiné à déterminer de manière précise l'équinoxe du Printemps (donc, la date du dimanche de Pâques), fut construit par un horloger anglais, Sully, et terminé en 1743. Il se trouve dans l'église Saint-Sulpice.

296. Cet immeuble se trouve 20, rue de Tournon et fut construit en 1900 par G. Debrie.

297. Cet immeuble se trouve 10, rue du Faubourg-Poissonnière et fut construit en 1898 par les frères Perret.

298. Une plaque commémorative a été apposée sur la maison où est né Alexandre Dumas fils, 1, place Boïeldieu.

299. L'auberge des Mousquetaires occupait l'emplacement du 4 de la rue de l'Arbre-Sec.

300. Les 504 Parisiens qui tombèrent lors des journées de juillet 1830 (les 27, 28 et 29) sont enterrés sous la colonne de la place de la Bastille. (Leurs noms sont gravés sur le fût.)

301. *À quelle époque fut érigée la colonne, place de la Bastille ?*

302. *De quand datent les premiers tramways à Paris ?*

303. *D'où vient le nom de la place du Carrousel ?*

304. *Dans quelle église parisienne le fer a-t-il été pour la première fois employé comme matériau ?*

305. *À quelle époque furent démolies la forteresse et la prison du Châtelet ?*

306. *Quelles sont les rues de Paris qui portent le nom d'un personnage de la Bible ?*

301. La colonne de la place de la Bastille, dite colonne de Juillet, fut commencée en 1833 par Alavoine et terminée en 1840 par Duc. (Elle remplaça le fameux Éléphant qui sert de refuge à Gavroche dans *Les Misérables*.)

302. La première ligne de tramway à Paris fut créée en 1854 ; elle était, naturellement, à traction animale et elle allait du pont de Sèvres à la Concorde, avec un embranchement vers le bois de Boulogne. En 1866, elle fut prolongée jusqu'au Palais-Royal. Il ne fut créé aucune autre ligne jusqu'en 1875.

303. Ce nom vient d'un carrousel donné en ce lieu par Louis XIV en 1662 du 5 au 7 juin 1662, à l'occasion de la naissance du Dauphin.

304. C'est dans la construction de l'église Saint-Eugène (de 1854 à 1855 par L.-A. Boileau) que le fer a fait sa première apparition dans l'architecture religieuse.

305. C'est en 1802 qu'on démolit la forteresse et la prison du Châtelet qui remontaient au IXe siècle, mais avaient été reconstruites une première fois sous Philippe-Auguste, et une seconde fois sous Saint-Louis.

306. Il y a, dans le 13e, une rue Samson et une rue Jonas.

307.   *Où est mort Diderot, le 31 juillet 1784 ?*

308.   *D'où vient le nom du quartier (et de la rue) de la Maison-Blanche (13ᵉ) ?*

309.   *Où est mort, le 21 juin 1723, du Mouriez du Perrier qui fut secrétaire de la Comédie-Française, introducteur en France de la pompe à incendie, créateur du Corps des Pompiers de la Ville de Paris et... père de trente-deux enfants ?*

310.   *À quelle époque fut créé le parc des Buttes-Chaumont ?*

311.   *Où est né Boccace ?*

312.   *Où vécut Dante lors de son séjour à Paris ?*

307. Une plaque commémorative a été apposée sur la maison où est mort Diderot, 39, rue Richelieu.

308. La Maison-Blanche était, au début du XIXe siècle, une guinguette située en face du 76 de l'avenue d'Italie. Elle était tenue par le grand-père de l'historien Victor Duruy.

309. Du Mouriez du Perrier mourut dans un hôtel de la rue Mazarine, au 30, dit «hôtel des Pompes», sur lequel une plaque commémorative a été posée.

310. Sur l'emplacement de carrières et de hauteurs dénudées (*calvi montes*, d'où Buttes Chaumont), fut créé de 1866 à 1867 le parc de ce nom sur les plans d'Alphand et Barillet.

311. Boccace est né en 1313, rue des Lombards (certains auteurs spécifient même : à l'emplacement du 28). La rue des Lombards était la rue des changeurs et des banquiers : le père de Boccace, marchand florentin, était venu à Paris pour y trafiquer.

312. Dante, lors de son séjour à Paris, habita rue de Bièvre (5e) ; on dit aussi qu'il prit pension chez un Italien, rue Sachalie, ensuite Zacharie (et maintenant curieusement nommée rue Xavier-Privas).

QUESTIONS

313.   *Où se trouve le château des Ternes ?*

314.   *Quel a été le premier système de numérotage adopté rue Saint-Honoré ?*

315.   *De quelle époque date la Tour de l'Horloge ?*

316.   *Où peut-on voir à Paris une tour construite au XIIᵉ siècle ?*

317.   *D'où vient le nom du quartier du Gros-Caillou ?*

318.   *D'où vient le nom de la rue du Borrégo ?*

313. 17 et 19, rue Demours se trouvent les restes de l'ancien château des Ternes, construit en 1548 et entièrement rebâti en 1715. Il fut coupé, en 1781, par la rue Bayen, alors dite rue de l'Arcade.

314. On sait qu'à la fin du XVIIIe siècle les maisons étaient numérotées par quartier, non par rue. La rue Saint-Honoré est la première rue qui, en 1787, fut numérotée d'une façon indépendante. Les numéros allaient sans distinction de pair ou impair, de 1 à 394 ; en face du 394 se trouvait le 395 et l'on continuait ainsi jusqu'au 730, qui faisait face au numéro 1.

315. La Tour de l'Horloge fut construite en 1298. Les sculptures sont de Germain Pilon (XVIe siècle) ; elles furent restaurées en 1852.

316. La Tour du Vertbois, dépendant de l'enceinte fortifiée de l'abbaye Saint-Martin-des-Champs, fut construite vers 1140 ; elle existe encore au coin de la rue Saint-Martin et de la rue du Vertbois.

317. La rue Saint-Dominique s'est appelée autrefois la rue du Groscaillou — ce « gros caillou » était une borne servant de limite à la censive de l'abbaye de Saint-Germain-des-Prés.

318. La rue du Borrégo (20e) fut baptisée ainsi en 1864, du nom d'une ville du Mexique, au moment de l'expédition française.

319. *D'où vient le nom de la rue des Panoyaux (20e) ?*

320. *À quelle époque eut lieu l'accident de métro, à la station « Couronnes » ?*

321. *À quelle époque apparurent à Paris les autobus à impériale ?*

322. *À quelle époque fut tracée l'Esplanade des Invalides ?*

323. *D'où vient le nom de la rue de la Fontaine-au-Roi (11e) ?*

324. *Où peut-on voir une synagogue construite par l'architecte le plus représentatif du modern' style, H. Guimard ?*

319. La rue des Panoyaux fut ainsi nommée, d'un vignoble dit « Le Pas-Noyau ».

320. Le 10 août 1903, un peu plus de trois ans après la mise en service de la première ligne de métro. Une motrice prit feu à Barbès ; l'incendie éteint et les voyageurs évacués, la rame fut conduite à Combat où un deuxième incendie se produisit, qui fut également éteint. C'est alors que la rame de secours prit feu, à la station Ménilmontant. Les voyageurs qui se trouvaient dans une rame en attente à Couronnes furent asphyxiés par la fumée provoquée par ce troisième incendie. Il y eut 84 morts.

321. En 1907.

322. L'esplanade des Invalides fut tracée de 1704 à 1720.

323. Cette rue fut nommée, en 1731, rue des Fontaines-du-Roi, à cause de plusieurs sources que l'on venait de capter dans le voisinage.

324. La synagogue de la rue Pavée (au n° 10) a été construite en 1913 par H. Guimard. Elle présente une façade à quatre étages de baies.

325. *Où se trouve l'emplacement du théâtre de l'hôtel de Bourgogne où « les Confrères de la Passion, les Enfants sans souci, les comédiens de la troupe dite de l'Hôtel de Bourgogne, la Comédie-Italienne et l'Opéra-Comique donnèrent leurs représentations de 1547 à 1783 » ?*

326. *D'où vient le nom de la rue des Perchamps ?*

327. *De quelle époque date le buste du cardinal Richelieu que l'on peut voir au coin de la rue de ce nom et des grands boulevards ?*

328. *Quelle est l'avenue qui fut inaugurée par la personne même dont elle porte le nom ?*

329. *Où est mort Philippe de Champaigne, le 12 août 1674 ?*

330. *D'où vient le nom de la rue des Envierges (20e) ?*

325. Une plaque commémorative marque cet emplacement, 29, rue Étienne-Marcel.

326. L'origine de ce mot est obscure. Il viendrait du latin « pares campi » qui, suivant certains auteurs, désignerait un cimetière, et, suivant d'autres, des champs de dimensions égales (ou également partagés).

327. C'est en 1830 que le café Dangest, fondé en 1798, devint le café Cardinal ; mais ce n'est qu'en 1838 qu'on l'orna du buste de Richelieu.

328. La reine Victoria inaugura par son passage, le 20 août 1855, l'avenue qui porte son nom.

329. Une plaque a été posée, 20, rue des Ecouffes (4ᵉ), à l'emplacement de la maison où est mort Philippe de Champaigne.

330. Cette dénomination est un des mystères de la toponymie parisienne. On admet généralement que c'est une déformation du vieux mot « envigné », en raison des vignobles qui existaient dans cet endroit.

331. *À quelle époque disparurent à Paris les porteurs d'eau ?*

332. *D'où vient le nom de la rue des Couronnes (20e) ?*

333. *Quelle est la voie de Paris la plus large ?*

334. *Combien de temps fallut-il pour percer la rue de Rivoli ?*

335. *Où et à quelle époque eut lieu (à Paris) la première Exposition publique de tableaux d'artistes vivants ?*

336. *Où et à quelle époque eut lieu (à Paris) la première course de chevaux ?*

331. C'est en 1872 que disparurent les derniers porteurs d'eau (à tonneaux ; les porteurs d'eau « à bretelle » n'étaient déjà plus qu'un souvenir).

332. La rue des Couronnes (20e) — de même que la rue des Trois-Couronnes (11e) — tient son nom d'une enseigne « aux Trois-Couronnes » (Belleville, Ménilmontant et les Lilas).

333. L'avenue Foch, dont la plus grande largeur atteint 120 mètres.

334. Le percement de la rue de Rivoli, décidé en 1802, fut commencé en 1810 et poursuivi jusqu'en 1835. C'est alors que furent construites les arcades (n° 254 à 186). Le percement fut repris en 1852, et en 1856 s'effectua la jonction avec la rue Saint-Antoine. La rue de Rivoli, longue de 2 950 mètres fit disparaître 40 rues et 500 maisons, et coûta plus de 50 millions de francs-or.

335. La première exposition publique de peinture eut lieu en 1667 dans la cour du Palais-Royal. Les tableaux étaient placés le long des murs et garantis par des auvents.

336. La première course de chevaux eut lieu le 15 mai 1651 au château de la Muette.

337. *D'où vient le nom de la rue de Lappe ?*

338. *Quel est le théâtre de Paris qui fut construit en 75 jours ?*

339. *Quels ont été les noms successifs portés par le théâtre de la Porte-Saint-Martin ?*

340. *D'où vient le nom de la rue Amélie ?*

341. *D'où vient le nom des rues Montorgueil et Beauregard ?*

342. *À quelle époque a-t-on commencé à placer des plaques au coin des rues, sous la forme qu'elles ont actuellement (blanc sur bleu) ?*

337. La rue de Lappe a été percée en 1635 sur des terrains appartenant à un sieur Girard-Lappe.

338. Le Théâtre de la Porte-Saint-Martin fut construit en 75 jours pour abriter l'Opéra qui venait de brûler. Comme on doutait de sa solidité, on l'inaugura le 25 octobre 1781, par un spectacle populaire et gratuit afin de l'« essayer ». L'essai fut satisfaisant et le théâtre subsista jusqu'en 1871, date à laquelle il fut incendié, lors de la Commune. Il fut reconstruit en 1873.

339. L'Opéra occupa le Théâtre de la Porte-Saint-Martin jusqu'en 1794, date à laquelle il prit cette dénomination. Fermé de 1807 à 1810, il rouvrit alors sous le nom de Théâtre des Jeux Gymniques et redevint le Théâtre de la Porte-Saint-Martin en 1815.

340. La rue Amélie, percée en 1772, fermée en 1832 et livrée au public en 1859, porte le nom de la fille de Pihan de Laforest, l'un des propriétaires du terrain.

341. La rue Montorgueil conduisait à une butte dite « le mont Orgueil » — d'où l'on avait un « beau regard » ; car la rue Beauregard se trouve au sommet de cette éminence.

342. En 1844.

343. *De quelle époque date le petit canon du Palais-Royal ?*

344. *D'où vient le nom de la rue des Amiraux (18ᵉ) ?*

345. *Pourquoi une partie des jardins du Louvre est-elle dénommée le jardin de l'Infante ?*

346. *Quel est le grand magasin qui a été construit par Eiffel ?*

347. *Où avaient lieu les courses de chevaux à Paris durant la première moitié du XIXᵉ siècle ?*

348. *Pourquoi n'y a-t-il pas de n° 13 rue du Faubourg-Saint-Honoré ?*

343. Le canon du Palais-Royal fut installé en 1786, exactement sur la ligne du méridien de Paris.

344. La rue des Amiraux fut ainsi dénommée, en 1873, en souvenir des officiers commandant les fusiliers-marins, lors de la bataille du Bourget (23 décembre 1870).

345. En souvenir du séjour que fit dans cette partie du Louvre, de 1722 à 1725, l'infante d'Espagne fiancée à Louis XV.

346. Le Bon Marché a été construit en 1876 par L.-G. Boileau et G. Eiffel.

347. Les 21 et 22 août 1819 eurent lieu, sans grand succès, les premières courses de chevaux au Champ de Mars. Elles se poursuivirent dans l'indifférence générale jusqu'en 1833, date à laquelle fut fondée la Société d'Encouragement. Ce n'est que sous le Second Empire qu'elles quittèrent le Champ de Mars pour le nouvel hippodrome d'Auteuil.

348. Lors du renumérotage de la rue du Faubourg-Saint-Honoré, sous le Second Empire, le numéro 13 tomba sur la maison de Félix, coiffeur de l'impératrice Eugénie. On prétend que celle-ci, superstitieuse, s'y opposa et le numéro 13 devint ainsi le numéro 15.

349. *Où se trouve l'impasse Rothschild et d'où vient son nom ?*

350. *Combien y avait-il d'automobiles à Paris en 1903 ?*

351. *D'où vient le nom de la rue du Dôme (16ᵉ) ?*

352. *Où mourut Guillaume Budé le 25 août 1540 ?*

353. *Combien y avait-il d'édifices religieux à Paris en 1789 ?*

354. *De quelle époque datait l'ancienne Morgue et où se trouvait-elle auparavant ?*

349. L'impasse Rothschild, 16, avenue de Saint-Ouen, porte le nom d'un loueur de voitures qui s'y trouvait établi.

350. Il y avait 18 000 automobiles à Paris en 1903 sur un total de 90 000 véhicules.

351. Cette rue fut ainsi nommée en 1885 parce que le Dôme des Invalides se trouvait dans sa perspective.

352. Une plaque commémorative, 203 bis, rue Saint-Martin, marque l'emplacement de la maison où mourut l'humaniste Guillaume Budé, le 25 août 1540.

353. Il y avait alors 160 églises et chapelles, 11 abbayes et 123 couvents, soit près de 300 édifices religieux dont plus des trois quarts ont été démolis.

354. La Morgue de l'île de la Cité fut construite de 1861 à 1863 par l'architecte Gilbert. Elle se trouvait depuis 1804 dans une ancienne boucherie du Marché-Neuf, et auparavant au Châtelet.

355. D'où vient le nom de la rue de l'Arbre-Sec ?

356. Quel est l'immeuble, situé sur les grands boulevards, qui eut pendant 71 ans un seul et même locataire ?

357. D'où vient le nom de la villa Saïd (16ᵉ) ?

358. Où se trouvait l'emplacement de l'Abbaye-aux-Bois habitée par Mme Récamier, de 1819 à 1849 ?

359. D'où viennent les noms des rues Saint-Placide et Saint-Romain (6ᵉ) ?

360. Où se trouvait au XVIIIᵉ siècle la Halle aux Blés ?

355. L'« arbre sec » en question était une potence.

356. L'immeuble, un peu en retrait, 17, boulevard Poissonnière, eut pour unique locataire, de 1835 à 1906, une dame nommée Mme de Rovigny qui l'occupait entièrement et s'y cloîtra durant les dernières années de sa vie.

357. La villa Saïd porte le nom de Saïd pacha, vice-roi d'Égypte de 1854 à 1863. (Le propriétaire de la villa avait été l'un des entrepreneurs du canal de Suez.)

358. L'Abbaye-aux-Bois occupait l'emplacement du 12, rue de Sèvres et des numéros impairs de la rue Récamier. Elle fut démolie en 1908.

359. Placide Roussel et Romain Rodayer, prieurs de l'abbaye de Saint-Germain-des-Prés, ont respectivement donné leur nom (leur prénom) aux rues Saint-Placide et Saint-Romain.

360. La Halle aux Blés fut construite de 1762 à 1767 sur l'emplacement d'un hôtel construit par Catherine de Médicis en 1572 et démoli en 1749. Incendiée en 1811, elle fut reconstruite l'année suivante (le dôme et la fontaine datent de cette époque). Elle fut transformée en 1888-1889 et devint alors la Bourse de Commerce.

361. *Qu'est-ce que la colonne qui se trouve derrière la Bourse de Commerce ?*

362. *Où est mort Bougainville le 31 août 1811 ?*

363. *D'où vient le nom du Pont-au-Double ?*

364. *D'où vient le nom de la rue de la Comète ?*

365. *Lorsque existaient encore les fortifications, quelle différence y avait-il entre les portes, les barrières et les poternes ?*

366. *À quelle époque fut inauguré le musée des Artistes Vivants (musée du Luxembourg) ?*

361. La colonne qui se trouve derrière la Bourse de Commerce est le dernier vestige de l'hôtel de Catherine de Médicis. Elle est connue sous le nom de l'Horoscope, car on prétend que Ruggieri, l'astrologue de la reine, y faisait ses observations. Certains auteurs y voient un monument commémoratif à la mémoire de Henri II.

362. Une plaque commémorative a été apposée sur la maison où mourut le navigateur Bougainville, 5, rue de la Banque.

363. Le Pont-au-Double fut construit de 1626 à 1632. À partir de 1634 on dut, pour le traverser, payer un péage qui s'élevait à un double tournois pour un homme à cheval. D'où son nom. Le Pont-au-Double a été reconstruit de 1881 à 1885.

364. La rue de la Comète (7ᵉ) tient son nom d'une enseigne rappelant le souvenir de la comète de 1763.

365. Les portes correspondaient aux routes nationales (royales, lorsque furent créées les fortifications), les barrières aux routes départementales et les poternes aux chemins vicinaux.

366. Le 24 avril 1818.

367. *Qui était Brancion qui a donné son nom à une rue et à une porte de Paris ?*

368. *Il existe une plaque commémorative dans le Métro. Où se trouve-t-elle ?*

369. *Dans quelle maison encore existante fut fondée la première école gratuite, à la fin du XVIIᵉ siècle ?*

370. *Où peut-on voir près de Saint-Germain-des-Prés une enseigne sur pierre, du XVIIIᵉ siècle, qui a donné son nom à une rue ?*

371. *Sur quelle maison de Paris peut-on lire l'inscription : « L'amour pour principe et l'ordre pour base, le progrès pour but », qui résume le dogme de la religion positiviste fondée par Auguste Comte ?*

372. *À quelle époque eut lieu le premier recensement de la population parisienne ?*

367. Brancion était un officier français qui fut tué à l'attaque du bastion de Malakoff en 1855.

368. À droite, entre les stations Saint-Paul et Bastille, en allant vers Vincennes, on peut voir une plaque signalant l'emplacement de la Bastille.

369. 12, rue Princesse existe encore la maison où J.-B. de la Salle fonda la première école gratuite (1688-1707).

370. 18, rue des Canettes se trouve une enseigne sur pierre du XVIIIe siècle représentant quatre petites canes ou canettes. D'où le nom de la rue.

371. Cette inscription se lit sur le mur du temple de l'Humanité, 5, rue Payenne — maison du XVIIIe siècle où mourut Clotilde de Vaux en 1846. On peut voir sur la façade le buste du philosophe et une peinture « mystique » représentant Clotilde de Vaux.

372. Le premier recensement de la population parisienne eut lieu en 1800 ; on dénombra 547 756 habitants. Le second recensement n'eut lieu que dix-sept ans plus tard ; Paris comptait alors 713 966 habitants.

373. *Où se trouve l'hôtel de Charny et quel a été son locataire le plus illustre ?*

374. *Quel est le monument civil que surmonte un dôme de 42 mètres de hauteur ?*

375. *Combien y eut-il de visiteurs à l'Exposition de 1867 ?*

376. *Sur quel immeuble moderne peut-on voir un phénix renaître de ses cendres ?*

377. *Qui était Bayen, dont on a donné le nom à une rue du 17ᵉ arrondissement ?*

378. *D'où vient le nom de la rue du Fouarre ?*

373. Aux 20 et 22 de la rue Beautreillis, se trouve l'hôtel de Charny, où Baudelaire habita en 1858.

374. Le Tribunal de Commerce fut transféré en 1865 dans l'édifice construit dans ce but, de 1859 à 1864, 1, boulevard du Palais. Il est surmonté d'un dôme de 42 mètres de hauteur situé exactement dans la perspective du boulevard de Sébastopol. (Faisons remarquer à ce propos que les boulevards du Palais et Saint-Michel ne se trouvent pas dans le prolongement exact du boulevard de la rive droite.)

375. L'Exposition de 1867 — la seconde des grandes Expositions internationales de Paris — reçut 29 998 000 visiteurs. L'Exposition précédente, en 1855, n'en avait reçu que 5 162 330 ; à la suivante, en 1878, il y en eut environ 40 millions.

376. Au 22, avenue Foch. C'est un immeuble construit, en 1893, pour la société Le Phénix.

377. Pierre Bayen (1725-1798) a été avec Lavoisier un des fondateurs de la chimie moderne.

378. La rue du Fouarre, autrefois rue au Feurre (d'où le mot : fourrage), tire son nom du fait qu'au Moyen Âge le sol des écoles était jonché de paille sur laquelle s'asseyaient les étudiants.

379. *D'où proviennent les marbres rouges et verts qui ornent l'église Saint-Sulpice ?*

380. *Quelle est l'église de Paris dont la première pierre fut posée par Louis XIV enfant ?*

381. *D'où vient le nom de l'hôpital du Val-de-Grâce ?*

382. *D'où vient le nom de la rue des Juges-Consuls ?*

383. *À quelle époque fut inauguré le parc des Buttes-Chaumont ?*

384. *Qui était Boucher qui a donné son nom à une rue du 1er arrondissement ?*

379. Ces marbres proviennent des marches qui formaient la grande cascade de Marly, démolie après la mort de Louis XIV, sous la Régence.

380. L'église du Val-de-Grâce fut érigée comme conséquence du vœu de Louis XIII, qui n'eut d'enfant qu'après vingt ans de mariage. La première pierre en fut posée le 1er avril 1645 par Louis XIV alors âgé de six ans.

381. L'hôpital du Val-de-Grâce (réservé aux militaires en 1795) a été installé dans un ancien couvent de religieuses de l'abbaye du Val-de-Grâce, au Val-Profond, lieudit, à une douzaine de kilomètres de Paris.

382. Les Juges Consuls se réunissaient avant la Révolution dans le cloître Saint-Merri. Le Tribunal Consulaire, devenu Tribunal de Commerce, s'installa en 1826 au premier étage de la Bourse.

383. Le parc des Buttes-Chaumont fut inauguré le 1er mai 1867, le même jour que l'Exposition.

384. Le Boucher de la rue en question n'est pas le peintre, mais un échevin de Paris (de 1773 à 1778). C'est en 1776 que fut ouverte cette rue sur l'emplacement de l'Hôtel de la Monnaie.

385. *Où mourut Alfred de Vigny, le 17 septembre 1863 ?*

386. *Quelle est la rue de Paris qui porte le nom d'un capitaine d'une compagnie de la Garde Nationale célébrée par Jean Reybaud dans* Jérôme Paturot *?*

387. *Quels sont les théâtres de Paris qui ont été construits sur l'emplacement d'anciens cimetières ?*

388. *Où demeurait la « belle Hollandaise » qui servit de modèle à la Sarah Gobseck de Balzac ?*

389. *Où se trouve la maison où se réunirent, lors du coup d'État du 2 décembre, Victor Hugo, Arago, Manuel, etc. ?*

390. *Où se trouve l'hôtel de Bourrienne ?*

385. Une plaque commémorative a été apposée sur la maison où mourut Alfred de Vigny, 6, rue d'Artois.

386. La rue Boutarel (4ᵉ) porte le nom du capitaine d'une compagnie de la garde nationale qui passait, sous Louis-Philippe, pour être une compagnie d'élite et l'une des meilleures de Paris. Jean Reybaud l'a célébrée dans *Jérôme Paturot*. Cette rue a été créée en 1846.

387. Le Théâtre du Gymnase a été construit (en 1820) sur l'emplacement du cimetière Bonne-Nouvelle ; le Théâtre du Vaudeville (démoli et remplacé par le Paramount) fut édifié en 1869 sur l'emplacement de l'hôtel Sommariva, lui-même construit sur l'emplacement du cimetière Saint-Roch.

388. Les maisons qui portent les numéros 13 à 35 de la rue des Petits-Champs furent construites entre 1640 et 1660. C'est au 17 que fut assassinée, le 14 novembre 1814, la « belle Hollandaise » qui servit de modèle à Balzac pour Sarah Gobseck.

389. C'est chez la baronne Coppens, 70, rue Blanche, que se réunirent, lors du coup d'État du 2 décembre, Victor Hugo, Arago, Manuel, etc.

390. Dans la cour du 58, rue d'Hauteville. Construit en 1787, il fut occupé par Bourrienne de 1801 à 1824. (Il a conservé son ameublement d'époque ; on peut le visiter certains jours.)

391. *Où mourut Corneille le 1ᵉʳ octobre 1684 ?*

392. *D'où vient le nom de la place des Petits-Pères (2ᵉ) ?*

393. *De quelles victoires, l'église Notre-Dame de ce nom rappelle-t-elle le souvenir ?*

394. *Où mourut, le 3 octobre 1892, J.-A. Villemin, qui découvrit l'inoculabilité de la tuberculose ?*

395. *Quelles sont les rues de Paris qui portent des noms d'échevins ?*

396. *Pourquoi le café du Vaudeville, en face de la Bourse, porte-t-il le nom d'un théâtre disparu qui se trouvait à l'emplacement du Paramount ?*

391. Corneille mourut dans une maison qui se trouvait à l'emplacement du n° 6 actuel de la rue d'Argenteuil.

392. Le couvent des Augustins Déchaussés (dits Petits-Pères) se trouvait sur cet emplacement. Notre-Dame des Victoires en est l'ancienne chapelle.

393. Celles de Louis XIII, et notamment la prise de La Rochelle en 1628. Construite de 1629 à 1659, cette église fut entièrement refaite de 1737 à 1740.

394. Une plaque commémorative a été apposée sur la maison où mourut J.-A. Villemin, 31, rue Bellechasse.

395. Boucher, Buffault, Chauchat, Daval, Martel, Richer et Saint-Sabin, tous échevins de Paris entre 1764 et 1789, ont donné, de leur vivant, leur nom à des rues de Paris : c'était une mode à l'époque, chaque échevin voulait avoir sa rue ; des greffiers de la ville, tels que Boudreau et Taitbout, obtinrent la même faveur. Les rues Babille, Delatour, Devarenne, Estienne, Mercier, Soly et Trudon, maintenant supprimées ou débaptisées, devaient leur nom à cette même origine.

396. De 1830 à 1869, le Théâtre du Vaudeville occupa le n° 27 de la rue Vivienne, juste à côté du café qui en porte encore le nom.

397. *À quelle époque fut construit le four créma-toire du Père-Lachaise ?*

398. *De quelle époque date le carillon de Saint-Germain-l'Auxerrois ?*

399. *D'où vient le nom de la rue du Bac ?*

400. *À quelle époque eurent lieu les premiers essais de numérotage de maisons à Paris ?*

401. *D'où vient le nom de la rue de la Jonquière ?*

402. *Quel est le music-hall qui occupe l'emplace-ment d'un ancien collège ?*

397. Le four crématoire du Père-Lachaise a été construit en 1887.

398. De 1898.

399. D'un bac qui se trouvait à l'emplacement du pont Royal et qui fut établi en 1550. Le pont Royal qui le remplaça fut construit de 1685 à 1689.

400. En 1436, on numérota les maisons qui se trouvaient sur le pont Notre-Dame ; elles étaient toutes pareilles, peintes de diverses couleurs et les fenêtres en ogive étaient ornées de vitraux coloriés. Lorsque le pont fut reconstruit de 1500 à 1507, les nouvelles maisons, également toutes semblables, furent de nouveau numérotées, de I à LXVIII ; il y en avait 34 de chaque côté. Ces maisons furent démolies quelques années avant la Révolution. (Voir le tableau d'Hubert Robert au musée Carnavalet, salle 27.)

401. Cette rue porte depuis 1890 le nom de Jacques de Taffarel, marquis de la Jonquière, lieutenant-général et gouverneur du Canada (1680-1753).

402. Le Casino de Paris a été construit vers 1900 sur l'emplacement d'un skating, lui-même construit en 1891 sur l'emplacement de l'ancien collège Chaptal (précédemment collège François Ier et Institution Saint-Victor).

403. *À quelle époque fut créé le laboratoire municipal ?*

404. *D'où vient le nom de la rue du Débarcadère (17ᵉ) ?*

405. *Où se trouve l'Hôtel de Villeroy ?*

406. *Quel a été le premier pont de Paris construit en fonte ?*

407. *À quelle époque fut construite l'église Notre-Dame-de-Lorette ?*

408. *Quels sont les prévôts des marchands qui ont donné leur nom à des voies parisiennes ?*

403. En 1878. (Cette même année vit également l'apparition des premiers omnibus à plate-forme et les premiers essais importants d'utilisation de la lumière électrique, essais qui eurent lieu place et avenue de l'Opéra, place du Carrousel, au parc Monceau et aux Buttes-Chaumont.)

404. Ce nom lui fut donné en 1858 parce que menant au débarcadère de la gare de la Porte-Maillot.

405. L'Hôtel de Villeroy, construit vers 1550 et rebâti en 1700, se trouve 34, rue des Bourdonnais.

406. Les premiers ponts de Paris construits en fonte ont été le pont des Arts et le pont d'Austerlitz, commencés tous deux en 1802 et terminés, le premier en 1804, le second en 1807. Le pont du Carrousel (1832-1834) fut également construit en fonte, mais selon un nouveau système de construction de l'invention de Polonceau.

407. L'église Notre-Dame-de-Lorette fut construite de 1823 à 1836 par Hippolyte Le Bas sur le modèle de la basilique Sainte-Marie-Majeure de Rome.

408. Barbette (1298-1304); Étienne Marcel (1354-1358); Guillaume Budé (1522-1523); François Miron (1604-1605); Fourcy (1684-1691); Trudaine (1716-1719); Thorigny (1726-1729); Camus de Pontcarré, seigneur de Viarme (1758-1763); Delamichodière (1772-1777); Le Febvre de Caumartin (1773-1783); Le Peletier (1784-1788).

409. *Sur quelle maison peut-on voir une plaque qui rappelle le séjour qu'y fit Simon Bolivar en 1804 ?*

410. *Pour quelle raison des têtes de proue ornent-elles une galerie du Palais-Royal ?*

411. *Où est mort Sainte-Beuve, le 13 octobre 1869 ?*

412. *À quelle époque apparurent les premiers bateaux aménagés en établissements de bains ?*

413. *À quelle époque fut créée la première école de natation ?*

414. *D'où vient le nom du quai Malaquais ?*

409. 4, rue Vivienne.

410. La présence d'attributs de marine dans la galeries des Proues, au Palais-Royal, est due au fait que le cardinal de Richelieu était grand-maître de la Navigation. Ce sont les derniers restes du Palais-Cardinal ; ils remontent à 1636. La galerie des Proues, dans son aspect actuel, ne date que de 1828.

411. Une plaque commémorative a été apposée, 11, rue du Montparnasse, sur la maison où mourut Sainte-Beuve le 13 octobre 1869.

412. En 1766. (Ces bateaux n'étaient pas des piscines, mais des établissements de bains chauds.)

413. En 1787. Vers 1830, il existait à Paris trois écoles de natation, l'une à l'île Saint-Louis, l'autre au pont Royal et la troisième au pont de la Concorde. Il y avait de plus 22 emplacements réservés aux bains froids en Seine, 16 pour les hommes et 6 pour les femmes.

414. Le quai Malaquais est le quai « mal-acquest » ou « mal-acquis ». Mais on ignore pourquoi ce nom lui fut donné (au XVIe siècle).

415.   *Où se trouve l'impasse la plus étroite de Paris ?*

416.   *Où se trouve la rue de la Bonne et d'où vient ce nom ?*

417.   *Quel est l'ancien nom de la rue des Archives entre la rue des Blancs-Manteaux et la rue des Haudriettes ?*

418.   *Au fronton de quel édifice peut-on voir un bas-relief de Dalou représentant le char du Soleil ?*

419.   *Où mourut Chopin le 17 octobre 1849 ?*

420.   *Sur quel immeuble de Paris peut-on voir un personnage ailé haut de trois étages ?*

415. L'impasse Salembrière (0 m 92 de largeur) donne 6, rue Saint-Séverin. Elle est maintenant fermée par une porte. (Rappelons que la voie parisienne la moins large est le passage de la Duée, dans le 20e, qui n'a que 0 m 90.)

416. Cette rue porte le nom d'une ancienne fontaine réputée pour la pureté de son eau. Elle part de la rue du Chevalier-de-la-Barre, derrière le Sacré-Cœur, et finit rue Becquerel.

417. Rue du Chaume (origine inconnue). Dans cette partie de la rue des Archives se trouvaient le couvent des Révérends Pères de la Mercy (encore existant, au 45) et l'hôtel de Clisson, construit en 1380 (Hôtel de Guise de 1553 à 1704 ; il en subsiste une porte au 58).

418. Au fronton du Palais de la Nouveauté, construit en 1895, 24, rue de Clignancourt. Les statues de chaque côté de l'entrée sont de Falguière.

419. Une plaque commémorative a été apposée, 12, place Vendôme, sur la maison où mourut Chopin, le 17 octobre 1849. (Construit en 1709, le 12, place Vendôme, fut entièrement reconstruit en 1858. Ce fut de 1839 à 1866, le siège de l'ambassade de Russie, et à la fin du XIXe siècle, celui de la Compagnie du Canal de Suez.)

420. Cet immeuble se trouve 57, rue de Turbigo (3e).

421. *D'où vient le nom de la rue de Rigny (8e) ?*

422. *Où et quand eut lieu la première exposition des produits de l'industrie française ?*

423. *D'où vient le nom de la rue des Boulets ?*

424. *À quelle époque fut créé le premier restaurant à Paris ?*

425. *À quelle époque la place de Grève devint-elle la place de l'Hôtel-de-Ville ?*

426. *De quelle époque date l'Hôtel de Ville ?*

421. Henri Gautier, comte de Rigny, commandait la flotte française à la bataille de Navarin, le 20 octobre 1827.

422. En 1798, au Champ de Mars, on avait construit pour la circonstance soixante arcades disposées en parallélogramme autour d'un Temple de l'Industrie. Les expositions suivantes eurent lieu en 1801 et 1802 dans la grande cour du Louvre ; en 1816 devant les Invalides ; en 1819 et en 1823 au Louvre même.

423. Ce nom viendrait d'un « sport » en vogue au XVIᵉ siècle et qui consistait à lancer de petites balles de plomb (ou boulets) avec une fronde.

424. Le premier restaurant fut fondé en 1766, rue des Poulies. On y vendait un consommé « restaurant », dit « bouillon des princes ». À la différence des traiteurs qui ne servaient qu'à heure fixe et à table d'hôte, les restaurateurs étaient ouverts toute la journée ; mais ils ne pouvaient servir que des potages, des œufs, des pâtes et des « mets légers ». Cette distinction disparut bientôt avec la Révolution.

425. En 1830. La place de Grève servit de lieu d'exécution de 1310 à 1832.

426. L'ancien Hôtel de Ville, construit de 1533 à 1628, plusieurs fois remanié, agrandi de 1837 à 1841, fut brûlé en 1871. L'édifice actuel, commencé en 1874, ne fut terminé qu'en 1882.

427. *Dans quelle rue du 18ᵉ arrondissement peut-on voir une tourelle de colombier datant du xviiiᵉ siècle ?*

428. *Quelle rue a porté le nom de « rue des Rats » ainsi qu'en témoigne une vieille inscription encore existante ?*

429. *Quelle est l'origine de la galerie Véro-Dodat ?*

430. *Où se trouve la maison qu'habita la fameuse empoisonneuse, la Voisin ?*

431. *Que présente de particulier l'immeuble situé 63, rue Réaumur, au coin de la rue Saint-Denis ?*

432. *Quel nom portait autrefois la rue des Archives, entre la rue Pastourelle et la rue de Bretagne ?*

427.   103, rue Marcadet.

428.   La rue de l'Hôtel-Colbert (5ᵉ). Cette inscription, du XVIIIᵉ siècle, se trouve au 8.

429.   Cette galerie, qui commence 2, rue du Bouloi (1ᵉʳ), fut créée en 1822 par Véro et Dodat, deux charcutiers fameux de l'époque. Tout de suite éclairée au gaz, et l'une des premières, elle fut, jusque vers 1850, un endroit très à la mode. Le journal satirique *Le Charivari* avait ses bureaux au rez-de-chaussée du 38 ; au deuxième, habitait la célèbre actrice Rachel.

430.   On s'accorde à voir dans le numéro 23 de la rue Beauregard la maison de l'empoisonneuse la Voisin, qui fut brûlée vive en 1680.

431.   Cet immeuble de style byzantin (?) est une sorte de placard ayant 63 mètres de longueur et 4 mètres de largeur.

432.   Rue des Enfants-Rouges, à cause de l'hôpital de ce nom fondé par François Iᵉʳ et qui a laissé son nom au quartier ; et rue Molay, dernier grand maître des Templiers, à cause du voisinage du Temple. On peut voir dans cette partie de la rue des Archives de vieux hôtels au 76 (XVIIᵉ siècle), au 78 (construit par Bullet vers 1640), au 79 (hôtel Louis XIII) ; dans la cour du 90, à gauche, restes de la chapelle Saint-Julien fondée en 1534 par François Iᵉʳ.

433. *Quelles sont les villes de France dont les statues allégoriques se trouvent place de la Concorde ?*

434. *Sur quelle maison peut-on voir deux médaillons représentant, l'un Marat et l'autre Charlotte Corday ?*

435. *Sur quel hôtel particulier peut-on voir deux médaillons représentant, l'un Aristote et l'autre Léonard de Vinci ?*

436. *À quelles circonstances le Panthéon doit-il d'avoir été construit ?*

437. *Quelle curieuse mise en scène accompagna la pose de la première pierre de cet édifice ?*

438. *Quels incidents se produisirent durant sa construction ?*

433. Marseille, Lyon, Strasbourg, Lille, Rouen, Brest, Nantes, Bordeaux.

434. 40, rue des Saints-Pères.

435. 7, avenue Vélasquez (musée Cernuschi).

436. En 1744, durant la guerre de Succession d'Autriche, Louis XV, tombé malade à Metz, fit un vœu à sainte Geneviève. Le plan de l'église qui devait porter son nom fut adopté en 1757.

437. La crypte fut terminée en 1763, mais la première pierre ne fut posée, par le roi, que le 6 septembre 1764. Pour la circonstance, on avait bâti un échafaudage sur lequel était tendue une toile peinte représentant la façade de l'église en grandeur naturelle. On pouvait ainsi apprécier l'effet qu'elle ferait une fois terminée.

438. Le portail et le fronton de l'église Sainte-Geneviève furent terminés en juillet 1775 ; c'est alors que l'on découvrit des fissures dans le corps de l'édifice. Violemment critiqué, Soufflot mourut de désespoir en 1780. Les travaux continuèrent après sa mort sous la direction de Brébion et Rondellet. À la veille de la Révolution, ils étaient à peu près terminés.

439. *Où peut-on voir placées côte-à-côte les statues de deux inventeurs dont le second réalisa son invention exactement cent ans après le premier ?*

440. *À quelle époque fut créé le Mont-de-Piété, et depuis quand son nom a-t-il été changé en celui de Crédit municipal ?*

441. *À quelle époque l'église Sainte-Geneviève fut-elle transformée en Panthéon ?*

442. *Qui eurent les premiers les honneurs du Panthéon ?*

443. *Quels furent les avatars du Panthéon, de Napoléon à la IIIe République ?*

444. *À quelle époque, et pourquoi, l'église Sainte-Geneviève redevint-elle le Panthéon ?*

439. Dans la cour du Conservatoire des Arts et Métiers se trouvent côte à côte les statues de Denis Papin qui « invente la machine à vapeur en 1690 » et de Nicolas Leblanc qui « extrait la soude du sel marin en 1790 ».

440. Le Mont-de-Piété fut créé en 1777 et se dénomme Crédit municipal depuis 1919.

441. Par décret de l'Assemblée Constituante du 4 avril 1791. L'inscription « Aux grands hommes la Patrie reconnaissante » est due au marquis de Pastoret.

442. Mirabeau (retiré en 1793), Voltaire, Le Peletier de Saint-Fargeau et Marat (retirés en 1794), Rousseau.

443. L'église de Sainte-Geneviève fut rendue au culte en 1806 (pratiquement, en 1822). C'est alors que Gros peignit les décorations de la coupole (de 1811 à 1823). En 1830, l'église redevint Panthéon (fronton de David d'Angers, 1831-1837) et en 1851 le Panthéon redevint église.

444. En 1885, pour y déposer les cendres de Victor Hugo.

445. *Où fut enterré Cyrano de Bergerac ?*

446. *Où mourut Rossini, le 13 novembre 1868 ?*

447. *Où passa-t-il les dernières années de sa vie ?*

448. *Où est mort Clemenceau le 24 novembre 1929 ?*

449. *Que subsiste-t-il de l'ancien collège des Cordeliers ?*

450. *À quelle époque et en quel lieu furent, pour la première fois, servies à Paris, des « boissons américaines » ?*

445. Cyrano de Bergerac, mort en 1655, fut enterré dans un couvent de dominicaines maintenant démoli et situé à l'emplacement du 98 de la rue de Charonne. Au 100, on peut encore voir les restes du prieuré du Paraclet, construit au milieu du XVIIe siècle; c'est là que mourut le 8 mai 1721 et que fut enterré d'Argenson.

446. 5 avenue Ingres, dans un hôtel particulier encore existant au coin du boulevard Suchet (16e).

447. Une plaque commémorative a été apposée sur la maison où Rossini vécut de 1857 à 1868, 2, rue de la Chaussée-d'Antin.

448. Une plaque a été apposée, 8, rue Franklin, sur la maison où demeura Clemenceau de 1896 à sa mort le 24 novembre 1929.

449. Le Collège des Cordeliers fut fondé au XIIIe siècle et supprimé en 1780. On peut en voir des restes au 4 et au 6, rue Antoine-Dubois; au 7 et au 9, rue Dupuytren.

450. En 1850, dans un des cafés-chantants en plein air des Champs-Élysées. On servait 40 breuvages «entièrement nouveaux» et désignés chacun par un numéro.

451. *À quelle époque l'abbaye de Saint-Germain-des-Prés fut-elle fondée et quand fut-elle démolie ?*

452. *De quelle époque date le Palais abbatial ?*

453. *D'où vient le nom de la rue de la Petite-Pierre (2ᵉ) ?*

454. *À quelle époque et dans quelles circonstances fonctionna à Paris le premier tramway électrifié ?*

455. *D'où vient le nom de la rue Cassette ?*

456. *D'où vient le nom de la rue du Colisée ?*

451. L'abbaye de Saint-Germain-des-Prés fut fondée au VIe siècle par saint-Germain, évêque de Paris. Brûlée par les Normands, elle fut rebâtie du Xe au XIIIe siècle. Brûlée de nouveau sous la Révolution, elle fut démolie en 1802. La prison de l'abbaye, qui datait de 1635, subsista jusqu'en 1857.

452. Le Palais abbatial fut construit en 1586 par Charles de Bourbon et remanié en 1699.

453. Cette rue porte le nom d'une petite ville d'Alsace dont la garnison se défendit énergiquement durant la guerre de 1870. (Elle fut prise par les Allemands le 9 août.)

454. Lors de la première exposition de l'Électricité, inaugurée le 10 août 1881 au Palais de l'industrie, un petit tramway électrique à trolley fonctionna entre la place de la Concorde et l'exposition.

455. D'un ancien hôtel de Cassel, situé au coin de la rue du Vieux-Colombier. Le nom a été déformé dès le XVIe siècle.

456. Le Colisée, inauguré en mai 1771, occupait l'emplacement compris entre la rue du Colisée, la rue de Ponthieu, l'avenue Matignon et l'avenue des Champs-Élysées. Construit sur le plan du Colisée de Rome, cet établissement fut fermé dès 1778 et démoli l'année suivante.

Connaissez-vous Paris ?
Un instant de bonheur…

Une pratique journalistique moderne

Du 23 novembre 1936 au 26 octobre 1938, Raymond Queneau pose aux lecteurs de *L'Intransigeant* — l'un des deux plus importants quotidiens parisiens de l'époque avec *Paris Soir* —, trois questions consacrées à Paris dans la rubrique *Connaissez-vous Paris ?* :

Sous ce titre, nous publierons chaque jour quelques questions concernant des particularités curieuses de notre ville et donnerons, le lendemain, les réponses. Il ne s'agit que de mettre à l'épreuve la sagacité de nos lecteurs, et nous ne solliciterons pas de réponses à ces brèves questions.

Jouant sur la fidélité de ses lecteurs et profitant du rapide succès que connaît la rubrique, à compter du 3 juin 1937, le journal fait évoluer la formule afin de faire lire les petites annonces : *Dorénavant, nos lecteurs trouveront en tête des petites annonces les réponses aux questions posées le jour même en page deux*. Dès le 2 janvier 1937, Queneau engage un « dialogue » avec ses lecteurs : *À la demande de plusieurs lecteurs, nous donnerons dans notre prochain numéro la liste des quarante-six dénominations différentes qui peuvent désigner une voie de Paris.* De ces *dénominations*, il dresse la liste le lendemain[1]. À partir du 31 octobre, il place ses lecteurs au cœur du processus en publiant certaines de leurs questions qu'il signale alors d'un astérisque. Il répond à leurs erreurs ou corrige celles qu'il a lui-même commises, leur accordant une place d'importance au sein du quotidien. Tournée vers la relation avec ses lecteurs, la pratique journalistique de Queneau est éminemment moderne.

D'un point de vue formel, elle s'inscrit dans l'héritage de la presse du XIXe siècle. Si l'écriture par petits textes fragmentaires est un *trait essentiel de la modernité* médiatique, elle correspond chez Queneau à quelque chose de plus profond en ce qu'elle s'accorde à la recherche humaine, intellectuelle et métaphysique qui marque ses préoccupations d'alors. Sous le jeu médiatique de *L'Intransigeant* se cache un enjeu crucial : vivre et travailler, dire la ville et le monde, l'homme et son histoire.

Une période foisonnante et paradoxale

Les deux années qui couvrent la rédaction des chroniques de l'*Intransigeant* s'inscrivent dans

---

1. « *Voici sous quelles dénominations différentes peut être désignée une voie publique ou privée : rue, passage, avenue, impasse, square, place, villa, cité, boulevard, cour, quai, pont, port, allée, galerie, sentier, porte, chemin, sente, faubourg, ruelle, rond-point, hameau, jardin, péristyle, parc, carrefour, cours, gare, marché, chaussée, bourse, halle, route, bois, palais, arcade, carré, entrepôt, escalier, esplanade, palacio, passerelle, pavillon, portique, voie.* »

une période foisonnante et paradoxale pour Queneau. Il souffre de crises d'asthme, suit son analyse, cherche un travail lucratif aussi bien qu'une reconnaissance littéraire qui n'arrive pas encore. Il publie néanmoins le récit en vers de sa psychanalyse, deux romans (l'un polémique contre le surréalisme, l'autre encyclopédique sur les fous littéraires) et rédige les mémoires de José Roman[1]. Il collabore à la *N.R.F.* et à *Mesures*, réalise ses principales traductions de textes en anglais[2] et fonde avec Georges Pelorson et Henry Miller la revue *Volontés* pour laquelle il publie une série d'articles anti-surréalistes et inspirés notamment par les lectures de René Guénon. À l'École Pratique des Hautes Études, il suit les cours de Kojève sur Hegel et de Henri-Charles Puech sur la Gnose et Saint Irénée. Pendant l'été 1937, il rédige le *Traité des vertus démocratiques*, texte qui rétablit le lien entre le militant trotskyste de *La critique sociale* du début des années trente et le *sceptique* du *Journal* des années 1939-1940. En janvier 1938, il entre comme spécialiste de littérature anglo-américaine au Comité de lecture des éditions Gallimard, il vient de trouver une reconnaissance sociale et un travail enfin stable.

Si du point de vue historique et politique les années 1936-1938 sont tiraillées entre le Front populaire, la guerre d'Espagne et Munich (autant d'événements que l'on retrouve à la *Une* de *L'Intransigeant* mais

1. *Chêne et chien* (1937), *Odile* (1937), *Les enfants du limon* (1938), *Mes souvenirs de chasseur de chez Maxim's* (José Roman, 1937).
2. *Vingt ans de jeunesse* de Maurice O'Sullivan (1936), *Impossible ici* de Sinclair Lewis (1937), *L'homme dont le cœur est resté dans les montagnes* de William Saroyan (1938)...

qui sont rigoureusement absents des chroniques de Queneau), du point de vue personnel, elles s'inscrivent dans une période balisée par la *conversion* métaphysique de 1935 et la *déconversion* de 1941[1]. Tendu entre l'engagement intellectuel, la quête spirituelle et la nécessité de gagner sa vie, Queneau vit l'expérience de *L'Intransigeant* comme un véritable *instant de bonheur*.

Encyclopédisme et dérives à travers la ville : un temps heureux

Lorsqu'il évoque *Connaissez-vous Paris ?*, il songe à deux traits qui caractérisent sa tâche : la pratique documentaire et encyclopédique (recherches à la Bibliothèque nationale, fouilles aux archives, quête auprès des administrations) et les *dérives à travers la ville*. Or Queneau est très clair, cette expérience unique a joué un rôle considérable dans son existence : *Mon exploration de Paris pour CVP a été le seul événement marquant de ce genre pour moi — le seul en tout cas qui m'ait fait plaisir ; et j'ai été long à me remettre du choc que me causa la suppression de ma chronique.* Propos qu'il confirme cinq jours plus tard dans son *Journal* : *C'était un travail qui me plaisait bien [...] C'est au fond la seule chose que j'aie jamais faite qui m'ait fait vraiment* plaisir. *Ce temps-là, je fus heureux. J'aimais ce travail, cet ensemble : les recherches à la B.N., puis les promenades dans*

1. « *Je suis entré sur la voie spirituelle durant l'été 1935. Je suis parti avec de bons principes, je crois — grâce à Guénon...* », *Journaux 1914-1965*, 19 juillet 1940, A.-I. Queneau éd., Gallimard, 1996, p. 486.

Paris, les enquêtes — oui ce fut pour moi un temps heureux — le bonheur[1].

Un *bonheur* dont il désira symboliquement conserver la trace. Après sa mort, on n'a retrouvé dans son coffre que deux documents : le ticket de métro utilisé pour la première fois en compagnie de sa femme Janine et les cahiers dans lesquels il avait collationné les chroniques de *Connaissez-vous Paris ?* Ce *travail* réalisé pour *L'Intransigeant* doit être considéré comme une œuvre à part entière. Queneau le fit du reste dans ses notes pour *Courir les rues* en le plaçant sur le même plan que les œuvres de son époque consacrées à Paris[2].

Il pensait le prolonger par *une sorte de Chronique de Paris*[3]. Pour cela, il établit des plans, plusieurs tables des matières, dressa une bibliographie et une liste de 217 livres lus au cours des deux années… L'ouvrage ne verra pas le jour, mais le savoir élaboré sur la ville par les 2102 questions-réponses de sa chronique hante sa vie et son œuvre[4].

1. *Journaux*, 13 et 18 février 1940, *ibid.*, p. 438-440.
2. « *(Paris chez Prévert) (la rue des Blancs-Manteaux) / le paysan de Paris / Nadja / Connaissez-vous Paris ?* », *Œuvres complètes I*, C. Debon éd., « Bibliothèque de la Pléiade », Gallimard, 2006, p. 1327.
3. *Journaux*, 4 février 1940, *op. cit.*, p. 435-436.
4. Le 5 décembre 1939, il note dans son *Journal* : « *Tout au long du chemin je me souviens de mes "prospections" pour* Connaissez-vous Paris ? *Je me revois dans cette rue telle y cherchant telles maisons, dans cette autre en quête d'une plaque commémorative. On passe devant Ba-ta-clan. D'où vient le nom. D'une opérette chinoise, si je me souviens bien ; et de Halévy.* » (*op. cit.*, p. 412). Le 26 septembre 1938, à la question de *Connaissez-vous Paris ?* : « *D'où vient le nom du cinéma (ancien théâtre) Ba-ta-clan ?* », il répond : « *Le théâtre Ba-ta-clan (50-52, boulevard Voltaire), fondé en 1865, porta le nom d'une "chinoiserie" en un acte de Ludovic Halévy, jouée en 1855 au théâtre des Bouffes.* »

Valentin Brû, l'attachant personnage du *Dimanche de la vie*, en est un bel exemple. Il rate deux correspondances de métro absorbé par la lecture d'une double page de *Marie-Claire destinée à convaincre la lectrice qu'elle ne savait pas grand-chose de Paris, de son histoire, de sa topographie ou de ses curiosités.* Arrivé au Sacré-Cœur, il *essaya d'identifier des monuments. La tour Eiffel se distinguait, mais les Invalides ? l'Arc de Triomphe ? le Panthéon ? l'École militaire ? le Val-de-Grâce ? Notre-Dame-des-Victoires ? Toutes ces constructions pour chacune desquelles Marie-Claire indiquait quelque détail savoureux* et à propos desquelles le lecteur de *Connaissez-vous Paris ?* avait été renseigné dans *L'Intransigeant*[1]. Dans son œuvre romanesque, l'auteur réinvestit ce savoir acquis lors de ses *dérives à travers la ville* que sont les *antiopées.*

D'Antiope à Ulysse : une Odyssée...

Queneau s'est expliqué sur le sens des *antiopées*, ou déambulations citadines, à propos de *L'Amphion*, poème qu'il devait citer à six reprises au moins dans son œuvre :

Amphion [...] *était le fils de Zeus et d'Antiope, il construisit les remparts de Thèbes en jouant de la lyre, les pierres lui obéissaient, venant se placer d'elles-mêmes à l'endroit voulu. Dans un conte de* L'Hérésiarque et Cie, *Apollinaire en a fait le patron de tous les batteurs de pavés. Le baron d'Ormesan a inventé l'amphionie, un nouvel art, cela consiste à*

1. *Le Dimanche de la vie*, *Œuvres complètes III*, P. Gayot éd., « Bibliothèque de la Pléiade », Gallimard, 2006, p. 535 *sq.* et notes afférentes.

parcourir une ville « *de façon à exciter des sentiments ressortissant au beau et au sublime, comme le font la musique, la poésie, etc.* » *L'amphion compose ainsi des antiopées qu'il note sur un plan de ville. Personnellement, j'ai composé énormément d'antiopées*[1].

Dès son arrivée à Paris, Queneau pratiqua ce *nouvel art* en compagnie de Jean Piel. Un *art* qu'il systématisa pour *L'Intransigeant*, notant avec attention sur un plan de Paris le labyrinthe de ses pérégrinations. Dans *Un instant de bonheur*, il se souvient :

Pendant deux ans, j'ai donc visité Paris, avec application et amour, c'est certainement le plus long voyage que j'ai fait. Quand la guerre est venue (celle de 39), je me suis dit [...] : « Tiens, ça fait des années que je ne suis pas sorti de France [...] et pourtant j'ai l'impression d'avoir fait le tour du monde. » C'est que je m'étais promené dans Paris[2].

Ainsi tisse-t-il un lien subtil entre son périple parisien et le voyage d'Ulysse : *heureux qui comme Ulysse a fait un long voyage*. Ce voyage à travers la ville aura été une véritable Odyssée, voyage initiatique qui marqua son parcours en profondeur. Mais pour Queneau *toute vie* n'est-elle pas déjà *une Odyssée*[3] ? L'enjeu était d'importance car, comme le confie Roland Travy — cet autre personnage qui, à l'instar de Valentin Brû, *porte* la parole de son auteur —, *à travers les rues de Paris, je reconquérais ma mémoire*[4].

1. *La TSF de Raymond Queneau*, 11 janvier 1953, C. Rameil éd., *Cahiers Raymond Queneau*, n° 1, Éd. du Limon, 1997, p. 97.

2. « Un instant de bonheur », *Fleur bleue*, n°24, septembre 1953, *Cahiers Raymond Queneau*, C. Rameil, E. Souchier éd., n°6, 1987, p. 21.

3. *Entretiens avec Georges Charbonnier*, Gallimard, 1962, p. 22.

4. *Odile*, *Œuvres complètes III*, J.-P. Longre éd., « Bibliothèque de la Pléiade », Gallimard, 2002, p. 532.

Queneau lit Paris, de la bibliothèque à la rue. Son parcours est historique et littéraire, son travail lucratif et cathartique. Au cours de cette période dominée par des préoccupations d'ordre métaphysique, ses *dérives à travers la ville* s'apparentent à un *voyage* initiatique dans le labyrinthe. Au désordre de l'actualité évacuée de ses chroniques, il préfère l'ordre séculaire de l'*histoire/qui se dépose sur la ville/en traces plus ou moins futiles/qu'on déchiffre comme un grimoire*[1]. Paris est un livre-mémoire.

Aède nomade, Queneau délie l'histoire inscrite au fronton des bâtiments du peuple sédentaire. Réenchantant la mémoire oubliée des cours reculées, des rues oubliées, des bâtiments délaissés… il fouille la mémoire des livres et des pierres, tisse son texte et trace un chemin d'écriture, pour vivre. Sur les traces d'Amphion, il arpente chaque secteur de la capitale pour *Connaissez-vous Paris ?* Il ordonne une ville écrite pour son lecteur… *les pierres lui obéissaient, venant se placer d'elles-mêmes à l'endroit voulu.*

EMMANUËL SOUCHIER

---

1. « Un beau siècle », *Courir les rues*, *Œuvres complètes I*, *op. cit.*, p. 423.

La une de *L'Intransigeant* du 23 novembre 1936, à l'intérieur duquel est parue la première chronique « Connaissez-vous Paris ? ». Photographie © BnF.

LES DERNIERS JOURS. Nouvelle édition en 1977 (Folio nº 3019).

ODILE (L'Imaginaire nº 276).

LES ENFANTS DU LIMON (L'Imaginaire nº 303).

UN RUDE HIVER (L'Imaginaire nº 1).

LES TEMPS MÊLÉS (GUEULE DE PIERRE, II).

PIERROT MON AMI (Folio nº 226).

LOIN DE RUEIL (Folio nº 849 ; La Bibliothèque Gallimard nº 40).

SAINT GLINGLIN *précédé de* GUEULE DE PIERRE (nouvelle version) *et de* LES TEMPS MÊLÉS (L'Imaginaire nº 78).

LE DIMANCHE DE LA VIE (Folio nº 442).

ZAZIE DANS LE MÉTRO (Folio nº 103 ; Folioplus classiques nº 62).

LES ŒUVRES COMPLÈTES DE SALLY MARA (L'Imaginaire nº 48).

LES FLEURS BLEUES (Folio nº 1000 ; La Bibliothèque Gallimard nº 29).

LE VOL D'ICARE (Folio nº 2629).

ON EST TOUJOURS TROP BON AVEC LES FEMMES. Un roman irlandais de Sally Mara. Traduction fictive attribuée à Michel Presle (Folio nº 1312).

Essais

EXERCICES DE STYLE (Folio nº 1363 ; Folioplus classiques nº 115 ; édition à tirage limité établie et présentée par Emmanuël Souchier, Folio nº 5393).

BÂTONS, CHIFFRES ET LETTRES. Édition revue et augmentée en 1965 (Folio essais nº 247).

ENTRETIENS AVEC GEORGES CHARBONNIER.

UNE HISTOIRE MODÈLE (L'Imaginaire nº 602).

LE VOYAGE EN GRÈCE.

CONTES ET PROPOS (Folio n° 2127).

TRAITÉ DES VERTUS DÉMOCRATIQUES. *Texte établi et annoté par Emmanuël Souchier*, Les Cahiers de la *nrf*.

AUX CONFINS DES TÉNÈBRES. Les Fous littéraires. *Édition présentée et annotée par Madeleine Velguth*, Les Cahiers de la *nrf*.

CONNAISSEZ-VOUS PARIS ? *Postface d'Emmanuël Souchier* (Folio n° 5254).

Mémoires

JOURNAL (1939-1940) *suivi de* PHILOSOPHES ET VOYOUS. *Texte établi par A.I. Queneau. Notes de Jean-José Marchand.*

JOURNAUX (1914-1965). *Édition établie par A.I. Queneau.*

Correspondance

CHER MONSIEUR JEAN-MARIE MON FILS. Lettres 1938-1971. *Édition d'Anne-Isabelle Queneau*, Les Cahiers de la *nrf*.

En collaboration

LA LITTÉRATURE POTENTIELLE. Créations — Re-créations — Récréations (Folio essais n° 95).

ATLAS DE LITTÉRATURE POTENTIELLE. Recueil des travaux de l'OuLiPo (Folio essais n° 109).

Dans la collection « Foliothèque »

LES FLEURS BLEUES, *commenté par Jean-Yves Pouilloux*, n° 5.

ZAZIE DANS LE MÉTRO, *commenté par Michel Bigot avec la collaboration de Stéphane Bigot*, n° 34.

PIERROT MON AMI, *commenté par Michel Bigot*, n° 80.

HISTOIRE D'UN LIVRE. Sur les dessins de François Arnal, *Actes Sud*.

COMPRENDRE LA FOLIE. Collage André Stas, *Éditions des Cendres*.

EN PASSANT *suivi de* DE QUELQUES LANGAGES-ANIMAUX IMAGINAIRES et notamment du langage chien dans Sylvie et Bruno, *Éditions de l'Herne*.

BORDS : MATHÉMATICIENS, PRÉCURSEURS, ENCYCLOPÉDISTES, *Hermann*.

SES IDÉES VIENNENT DU SANG DES HOMMES. Illustrations de Claude Stassart-Springer, *Éditions de la Goulotte*.

ALPHABET. Typographie de Claude Stassart-Springer, *Éditions de la Goulotte*.

LES TOURTERELLES. Illustrations de Claude Stassart-Springer, *Éditions de la Goulotte*.

6 SEPTEMBRE 1969. Illustrations de Jean-Marie Queneau, *Éditions de la Goulotte*.

COLLECTION FOLIO

Dernières parutions

Composition Nord Compo
Impression Maury Imprimeur
45330 Malesherbes
le 19 décembre 2016.
Dépôt légal : décembre 2016.
1ᵉʳ dépôt légal dans la collection : mai 2011.
Numéro d'imprimeur : 213854.

ISBN 978-2-07-044255-3. / Imprimé en France.